잠든 나의 얼굴을

제2회 아르떼문학상 수상작

임수지 장편소설

잠든 나의 얼굴을

은행나무

차례

1부 … 7

잠 • 티켓 • 잠 • 영향 • 방 • 자주색 • 숨 •
빛나는 소라 고모 • 간장의 맛 • 잠 • 동맥 • 달고 끈적거리는 것 •
진짜와 가짜 • 눈물점 • 라면 • 빛나는 • 방 • 이백 원 • 복

2부 … 117

칼과 가위 • 나 • 작고 낮은 • 둥근 통증 • ^.^ • 방 • 잠 •
희게 빛나는 • 장면 • 손 • 불

3부 … 209

실내 정숙 • 하고 싶은 것을 한다 • 뺨 • 표본 • 브레이크 타임 •
잠 • 겨울밤 • 멀리 • 오직 • 오직 • 타고 남은 것 • 방 • 오직 •
오직 • 방 • 오직 • 옮겨 적기 • 얼굴

에필로그 … 304

작가의 말 … 308

1부

잠

 눈을 감으면 나의 얼굴을 볼 수 없다는 게 이상하게 느껴질 때가 있다. 그건 너무나 당연한 일인데도 어째서 안 되는가, 왜 불가능한가, 내가 이렇게 여기 있는데, 하며 의아해질 때. 눈을 감고 오지 않는 잠에 대해 깊게 파고들지 않으려 애쓰면서 그런 생각을 다시금 해봤다. 눈 감은 나의 얼굴을 상상해보고 그 얼굴은 왠지 실제와는 다를 것 같다는 생각. 상상 속 나의 얼굴은 조금 부드럽다. 약간 느슨하고. 그건 잠든 누군가의 얼굴을 떠올리며 내 모습을 상상했기 때문이겠지. 실제의 나는 어떤지 모른다. 잠든 나의 얼굴을 사진으로 남긴 적 없다.

눈을 뜨고 거실 천장을 가만히 바라보다 고개를 돌려 화장실 옆, 벽에 걸린 시계를 본다.

밤 11시. 잠이 오려면 멀었다. 잠이라는 것은 변덕이 심하고 매번 늦장을 부린다. 나를 놀리려는 듯이 오다 만다. 벽에 걸린 원형 벽시계는 초침이 움직여도 아무 소리가 나지 않는다. 전에는 저 자리에 커다란 벽걸이형 괘종시계가 있었다. 태엽을 감아야 작동했으니, 아마 나보다 나이가 훨씬 많은 시계였을 것이다. 태엽은 할아버지가 감았다. 머리가 나비 모양인 태엽 열쇠는 괘종시계 안쪽에 보관했다. 할아버지는 괘종시계의 유리판을 열고 태엽 열쇠를 꺼내어 시계판의 4의 왼쪽에 뚫린 구멍에 넣고 천천히 감았다. 드드드득 태엽이 감기는 소리가 둔탁해지면 열쇠를 빼내고 이번엔 8의 오른쪽에 뚫린 구멍에 넣어 아까와 같은 속도로 감았다. 태엽 감는 모습을 호기심 가득한 눈으로 바라보는 나에게 할아버지는 이렇게 말했다. 끝까지 세게 감으면 끊어진다. 그럼 안에서 다 분질러져.

괘종시계는 괘종시계답게 정각이 되면 뎅 하고 종을 쳤다. 그 시절 나는 정각이 되기 5분 전부터 종소리를 기다렸다. 5분은 길었다. 나는 긴장했다. 1분 전이야. 30초 전이야.

뎅, 종소리가 거실에 울리는 동시에 무서워, 속으로 생각했다. 괘종시계가 울리면 누군가 온다. 그건 귀신일 수도 사람일 수도 있었다. 뎅. 누군가 온다. 무서워. 무서워. 묘하게 마음이 들떴다. 그건 누구에게도 말할 수 없는 혼자만의 놀이였다. 그때 나는 누가 오는 게 무서웠던 걸까? 누구일까? 귀신일까, 사람일까?

왜? 나를 데려갈까 봐?

영원히 이곳에 있기. 누군가가―그것이 귀신이든 사람이든 나를 모르는 곳으로 데려가기. 나는 어떤 게 더 무서웠을까?

괘종시계는 할아버지가 돌아가신 후로 처분되었다. 할아버지가 소중하게 다뤘던 그 시계를 할머니는 좋아하지 않았다. 매번 감아야 하는 것. 세상이 이렇게 좋아졌는데도 매번 감아야 한다니.

무소음 원형 벽시계의 초침이 움직이는 것을 눈으로 좇았다. 이제 겨우 11시 20분. 지금의 나는 들뜬 기색 없이, 그저 피로한 눈으로 시침에서 분침이 멀어지는 것을 물끄러미 바라본다. 자야 하는데. 12시가 되기 전에 잠들고 싶은데. 그래야 조금이나마 깊은 잠으로 들어갈 텐데. 그럼 내게 아침이 올 텐데. 다시금 눈을 감았다. 잠에 집중하자. 나는 완벽한 구 형태의 사물을 떠올리고 거기에 잠이라는 이름을 붙였다. 이것은 잠. 누가 뭐래도 나의 잠이다. 나는 잠을 천천히 굴렸다. 부드러웠던 잠의 표면에 자꾸 요철이 생겼다. 첫 번째 잠을 머릿속에서 비우고 두 번째 잠을 만들어 다시 천천히 굴렸다. 잠에서 털이 자랐다. 매끄러운 잠을 자고 싶은데. 세 번째와 네 번째까지 만들자 몸이 느슨해지고 미간의 긴장이 조금씩 풀리는 것이 느껴졌다. 나는 잠을 더 느리게 굴렸다. 아주 소중한 물건인 것처럼 조심스럽게 다뤘다. 이제 괜찮은 것 같았다. 잠들 수 있을 것 같았다.

    1시에 할머니는 깨어날 것이다.

티켓

나흘이 지났지만 고모가 돌아오지 않는다.

사실 정확히 약속한 것은 아니었다. 짧으면 3일이지만 더 길어질 수도? 고모는 말끝을 올렸으니까. 고모는 24인치 캐리어와 더플백, 백팩까지 그 작은 몸에 세 개의 가방을 이고 지고 끄는 상태로 그렇게 말했다. 롱패딩 바깥으로 살짝 드러난 고모의 목이 전보다 가늘어 보였다. 네 할머니가 알아서 다 하니까, 어려울 건 없어. 식사와 약만 잘 챙기면 돼. 고모는 거실에서 텔레비전을 보는 할머니에게 마지막으로 인사하고―엄마 나 가요. 언제 오냐. 금방 와요. 금방 언제. 왜 이렇게 빨리 왔냐 말할 정도로 금방 올 거야. 그

동안 나진이가 엄마랑 있을 거니까 걱정할 거 없어. 내 걱정은 안 한다. 네 걱정을 하지—고모는 패딩 부츠에 발을 꿰었다. 뭐 모르겠으면 문자 해. 참, 내가 아까 카드 줬나? 나는 고개를 끄덕였다. 아껴 써. 막 쓰지 말고. 그게 고모가 집을 나가기 전에 마지막으로 한 말이었다.

슬리퍼를 신고 나와 아파트 계단참에 난 창으로 주차장을 내려다보았다. 세 개의 가방을 든 고모가 눈에 들어왔다. 고모는 꼭 디오라마 속에서 움직이는 작은 인형 같았다. 고모는 주차장 구석에 주차된 자신의 차—흰색 구형 아반떼 쪽으로 걸어갔다. 차 뒷좌석에 자신의 짐을 모두 넣고 운전석의 문을 열었다. 시동이 걸린 차는 몇 분간 그대로 있다가 주차장을 빠져나갔다.

집으로 돌아와서는 고모가 건네준 카드를 유심히 보았다. '생활비'라고 적힌 새끼손가락 한 마디 크기의 종이 위로 스카치테이프를 붙여둔 카드 한 장. 고모의 글씨가 낯설었다. 스카치테이프는 점착 면에 먼지가 끼어 모서리가 까맣게 들떠 있었다. 나는 그 덜렁거리는 테이프 끝을 검지로 몇 번 만져보다가 다시 거실 티브이장 위, 무선전화기 옆에 두었다. 이 카드를 쓸 일이 있겠나 싶었다. 고모는 어차피 금방 돌아올 텐데. 나는 금방 돌아가게 될 텐데. 배턴 터치를 하듯이.

고모는 스노보드를 타러 간다고 했다.

짧으면 3일이지만 더 길어질 수도? 나는 고모가 말끝을 어떤 식으로 올렸는지, 표정이 어땠는지를 다시 떠올려봤다. 그러니까 고모는 돌아올 날을 정하지 않은 거구나.

그런데 고모가 스노보드를?

'운동신경이라고는 하나도 없는 집안'의 막내딸인 고모가?

운동신경이라고는 하나도 없는 집안은 할머니의 표현이었다. 제 자식들—그러니까 나의 아빠와 아빠의 남동생들과 유일한 딸이자 막내인 고모—은 어릴 적 늘 어디서 깨지고 찢어지고 와선 눈물을 펑펑 쏟아냈다고 했다. 어디 가서 맞은 것도 아니고 누구랑 싸운 것도 아닌데 꼭 그렇게 넘어지고 부딪치고 미끄러졌다고. 너도 '운동신경이라고는 하나도 없는' 네 아버지의 딸이니 늘 조심히 다녀야 한다고. 뛰지 말라고. 가끔 집에 오던 아빠가 어디서 고꾸라졌는지 팔꿈치가 잔뜩 쓸리고 절뚝거리기까지 했던 걸 보면 운동신경이 확실히 없어 보이기는 했다. 물론 매번 만취 상태였기 때문이었겠지만. 하지만 어떤 사람들은 취해도 다치지 않는다.

고모가 스노보드를 타러 며칠 집을 비우는 거라는 이야기는 할머니 집에 도착하고서야 들었다. 그전에 고모는 내게 전화를 걸어 예사로운 말투로 '요새 무슨 일 하고 있니' 물었다. 별일 안 한다고, 그냥 좀 쉬고 있다고 나도 모르게 거짓말을 했다. '그럼 혹시 며칠 할머니를 돌봐줄 수 있겠니.' 고모는 여전히 같은 말투로 물었다. 그 물음에 어떤 되물음도 없이 내가 이곳으로 내려온 것도 생각해보면 이상한 일이었다. 흔쾌히 그러겠다고 한 것은 아니었다. 그렇다고 거절할 궁리를 찾지도 않았다. 그때 나는 그저 그렇구나, 그렇다면 내가 가야겠구나 하고 순순히 받아들인 쪽에 가까웠다. 사장님에게 전화해 사정을 말하고 일주일만 쉴 수 있을까요 물었더니 사장님은 잠깐의 고민 후에 그러라고 했다. 아빠에게는 굳이 연락하지 않았다. 아빠는 아직 내가 회사에 다니는 줄로 알고 있었다.

짐은 간소하게 챙겼다. 사흘 후에 돌아올 수도 있었던 고모보다 더.

브래지어 두 개와 팬티 세 장, 아이보리 바탕에 빨강과 파랑으로 아가일 무늬를 낸 두툼한 니트와 검은색 기모 스웨트셔츠, 청바지와 얇은 내복 한 벌과 집에서 입을 잠옷 두 벌. 옷은 이것으로 끝. 사실 집에만 있는다면 잠옷만 챙겼어도 됐겠지만 나는 광주로 가는 기차 티켓을 끊은 후 바로 경은에게 연락을 한 상태였다.

─곧 광주에 갈 거야.

─와우 언제?

경은은 곧바로 답장을 보내왔다. '내일'이라고 내가 보내자마자 경은에게서 전화가 왔다.

무슨 일 있어?

경은은 앞뒤를 다 자르고 그렇게 물었다. 아무 일도 없어. 잠깐 할머니를 돌봐야 해서.

밥 안 먹을 거냐.

그 목소리에 눈을 떴다. 모르는 곳에 떨어진 사람처럼 주위를 어리둥절하게 둘러보다 거실임을 알아차리고 나서야 화장실 옆 시계를 바라봤다. 오전 6시였다. 할머니는 내 옆에 다리를 쭉 펴고 앉아 내가 덮은 이불을 나의 목까지 끌어올리고는 손바닥으로 이불의 주름을 판판히 폈다. 이미 충분히 잘 덮고 있었던 것 같은데도 그랬다. 안 춥더냐. 매일 아침 이렇게 물었다. 이제 일어나라. 밥 안 먹을 거냐. 이렇게 고르게 덮어준 이불을 어떻게 바로 내팽개치고 일어나지. 나는 어쩐지 조심스러운 손길로 이불 귀퉁이를 쥐었다.

동치미와 묵은지, 파김치, 조미김, 오래 묵은 된장으로 끓인 아욱된장국을 동그란 양은 밥상에 내려놓고 마지막으로 사과를 반으로 쪼갰다. 반 개는 껍질을 깎아 사 등분 했고 남은 반 개는 크기가 꼭 맞는 밀폐용기에 담아 냉장고에 넣었다. 사과는 할머니의 몫. 입이 꺼끌꺼끌해서 사과가 없으면 밥을 먹지 못한다고 했다. 할머니는 밥을 먹는 중간에 사과를 먹었다. 보리가 섞인 밥을 조금 떠먹고 사과를 한 입 베어 먹고 된장국을 국그릇째 들어 한 모금 마시는 식의 식사법을 나는 이제껏 본 적 없었지만 며칠이 지났다고 지금은 익숙해졌다. 한번은 할머니를 따라 그렇게 먹어보기도 했다. 내 입맛에는 맞지 않았다.

 할머니와 나는 대화 없이 아침밥을 먹었다. 텔레비전도 켜지 않았다. 들리는 것이라고는 윗니와 아랫니가 우묵하고 검은 입안에서 부딪히는 소리뿐. 나는 밥을 조미김에 싸서 조금씩 먹었다. 아침밥을 먹는 것 자체가 고역이었지만 할머니는 같이 밥을 먹지 않으면 자신도 먹지 않겠다고 했다. 된장국은 소화제다. 국물까지 다 먹어라. 나는 밥 반 공기와 된장국을 겨우 비워내고 자리에서 일어섰다. 어디 가냐. 할머니가 노랗게 뜬 눈으로 나를 쳐다봤다.

 약 가져올게.

 부엌으로 가 벽에 걸린 주머니 앞에 섰다. 할머니의 내복약은 요일과 때로 나뉘어 작은 주머니에 담겨 있었다. 세로

줄은 요일로, 가로줄은 아침과 저녁으로 구분되어 있었다. 세로의 다섯 번째, 가로의 첫 번째 줄인 금요일-아침 칸에서 내복약을 꺼내고 작은 주전자로 미리 데워둔 보리차를 머그컵에 따라 거실로 가져갔다.

왜 그건 안 가져오냐.

참, 하고 나는 다시 부엌으로 갔다. 부엌 식탁―그러니까 식탁이 버젓이 있는데도 할머니와 나는 거실에서 밥을 먹었다. 할머니가 그러길 원했다―의 구석에 놓인, 배변에 도움을 준다는 알약 형태의 유산균과 양배추 환을 챙겨 할머니 앞에 내려놨다. 할머니가 변비가 심해. 그러니까 꼭 약이랑 같이 이걸 챙겨야 해. 고모가 분명 말해줬는데도 자꾸 잊었다. 이건 목숨이 걸린 일이 아니기 때문일까. 물론 변비도 목숨이 걸린 문제가 될 수 있다.

밥을 다 먹은 할머니는 먼저 미지근한 보리차와 함께 약을 넘긴 후 유산균 한 알을 입에 넣었고, 흰 플라스틱 통에 담긴 양배추 환은 열 알 넘게 꺼내 손바닥에 놓고는 한입에 다 털어 넣었다. 아침 7시. 이렇게 할머니의 아침 루틴이 끝났다. 나에게는 설거지 등의 자잘한 루틴이 조금 남아 있다.

잠

눈을 감았다 뜬다. 우와, 여기 내가 있다.

양치하다 말고 물 얼룩이 가득한 화장실 거울을 물끄러미 들여다보았다. 거울에 비치는 황동색의 수건걸이와 거기에 걸린 회색에 가까워진 흰색 수건. 그 수건의 하단에는 누군가의 칠순 기념이라 자수 박혀 있었다. 모르는 이름이었다. 미지근한 물로 입안을 헹군 뒤 또 어디선가 굴러들어오게 된, 무슨 산이 인쇄된 기념 머그컵에 물기를 턴 칫솔을 꽂았다. 에메랄드빛의 오래된 선반의 맨 아래 칸에는 칫솔과 여분의 비누가, 그 위 칸에는 성경책과 월간지가 꽂혀 있었다. 맨 위 칸에는 여분의 두루마리 휴지 네 개. 월간지는 2009년에 머물러 있었다. 이런 걸 누가 화장실에서 읽었는지는 모르겠다. 그저 둘 데가 없어 화장실까지 밀려오게 되었겠지.

다시 눈을 감았다 떴다. 거울 속 나를 멀뚱히 보다 나는 잠깐 어린 시절의 나를 보았다. 흐린 인중과 동그란 콧방울, 외꺼풀의 찢어진 눈. 그래서 흰자가 많이 드러나지 않는 눈. 나는 그런 것에서부터 20년 정도를 훌쩍 건너가 초등학생인 나를 보다가 또 거기서 60년 정도를 뛰어넘어 늙은 나를 본 것만 같은데.

애가 맨날 기죽어 보이고. 웃지도 않고.

애들은 쫑알쫑알 말도 많고 그러던데 쟤는 왜 저러나 몰라.

이런 말을 들었던 시절에서, 도래하지 않았기에 짐작할 수 없는, 정말이지 그 무엇도 짐작이 가지 않는 먼 미래로 훌쩍.

미간을 찡그려 눈썹을 치켜올려봤다. 입술을 가로로 길게 늘여보기도 했다. 이러니 조금 덜 기죽어 보이는 것 같기도. 세수를 하고 누군가의 칠순을 기념하는 수건으로 얼굴을 대충 닦았다. 다시 거울을 보지 않고 화장실을 나왔다.

할머니는 거실에 누워 있다.

낡은 검은색 가죽 소파 아래로 깔린 페이즐리 무늬의 누빔 매트 위에 할머니가 모로 누워 있었다. 등을 지고 있어, 할머니 옆으로 가 얼굴을 들여다보기 전까지는 잠든 줄도 몰랐다. 요 며칠 내가 베고 잤던 편백나무 칩 베개를 베고 있었다. 이불을 덮어줘야 하나. 내가 덮고 잤던 낡은 차렵이불은 할머니 머리 옆에 잘 개켜 있었다. 그 이불은 닳을 대로 닳아 그 무엇보다 부드러웠다. 내가 잠들기 위해 정자세로 누워 이불을 손끝으로 매만질 때마다 수면을 위한 최상의 이불이라 생각했다. 뒤통수 아래로 바작바작 소리를 내는, 편백나무 칩이 들어간 원통형의 베개는 수면에 최악인 베개라는 생각을 했고. 나는 며칠째 최상과 최악의 중간에서 어정쩡하게 잠들고 있었다.

잠든 할머니 옆에 무릎을 모으고 앉아 리모컨으로 텔레비전의 볼륨을 줄였다. 아침 시사 교양 프로그램이 방영되고 있었다. 마늘의 효능에 대해 무슨 박사와 무슨 아나운서가 이야기 나누었고, 나는 마늘이 몸에 좋은 걸 누가 모르나 생각하면서도 무언가에 홀린 것처럼 그 말들을 새겨들었다. 항암과 저혈압 개선, 빈혈 방지. 그럼 고혈압 환자는 마늘을 먹으면 안 되나? 할 게 없는 손은 무의식 중에 누빔 매트를 쓸었다. 누빔 매트의 천이 닳아서 곳곳에 솜이 드러나 있었다. 나는 그걸 검지로 집요하게 궁굴려 제멋대로 풀린 솜을 단단하게 뭉쳤다. 할머니에게서는 아무 소리도 나지 않았다. 염색도, 파마도 하지 않은 회백색의 머리칼은 멋대로 뻗쳐 있었다. 선잠일 텐데 미동도 없었다. 할머니 머리 아래에선 편백나무 칩이 바작거리지도 않았다. 편백나무 칩 베개도 무슨 효능이 있지 않을까. 아무래도 나무니까, 피톤치드가 나오려나?

평소라면 할머니는 주에 적어도 세 번은 보건소에 가서 운동을 해야 했다. 보건소는 고모의 차를 타고 갔다. 보건소가 아주 멀리 있는 것은 아니지만 차가 많이 다니는 이면도로를 지나야 해서 걸어가기에는 영 불편하고 무섭다고 할머니는 말했다. 주에 세 번 가는 보건소와 주말에 가는 교회. 그게 할머니의 일주일 외출 루틴이었다. 고모는 교회까지 할머니를 데려다주고 예배가 끝날 시간에 맞춰 다시 할머니를 데리러 갔다. 며칠 안 가면 그만이야. 운전도 못하고 차도 없는 내게 고모는 말했다. 대신 네가 할머니랑 놀아드려. 도대체 할머니와 어떻게 놀아야 하는 걸까?

할머니는 오전에 두 시간 정도 얕은 잠을 잤다. 12시쯤 일어나 점심을 먹고 베란다에 가득한 화분을 돌보고는 텔레비전을 보다가 다시 얕은 잠에 빠졌다. 겨울이 아니라면 오후에는 집을 나가 아파트 단지 2층 상가 앞에 있는 팽나무 아래 벤치—할머니가 유일하게 혼자서도 걸어 다닐 수 있는 곳이다—로 가서 다른 할머니들과 놀았을 텐데, 이번 겨울은 매섭기가 그지없어 밖에 나갈 수 없다고 했다.

놀았다. 그건 정확히 할머니가 한 말이었다. 그렇다고 할머니가 팽나무 아래에서 화투를 친다거나 뭐 그런 것은 아니었고 그냥 끝나지 않는 대화의 흐름 속에 몸을 맡기고 고개를 끄덕이며 앉아 있는 것이 전부였다. 그런 할머니를 보지 않아도 나는 알 수 있었다. 내가 어렸을 때도 그랬으니까. 하교하는 길에 택시 정류장 뒤쪽, 2층 상가 건물 옆에 있는 커피 자판기로 걸어갈 때면 누군가 나진아, 하고 불렀다. 고개를 돌려보면 할머니가 거기 앉아 있었다. 뭐 뽑아 마시지 말고 집에 가서 밥 먹어라. 그 말에 나는 집으로 발걸음을 돌려야 했다.

영향

처음으로 커피를 마시게 된 날을 기억하고 있다.

집에 두 개뿐이던 열쇠 중 하나는 고모가, 하나는 할아버지와 할머니가 번갈아 사용했는데 어느 날엔가 셋 다 집을 비워 문이 잠겨 있었다. 이럴 땐 보통 한 사람이 경비실에 열쇠를 맡겨두었지만 그날은 누구도 열쇠를 경비실에 맡기지 않았다. 할아버지보다 조금 덜 늙어 보이는 경비원은 이걸 어째, 하고는 경비실에서 기다릴래? 내게 물었다. 사탕 줄게. 기다릴래? 나는 경비원이 건넨 유가 사탕을 받지 않았다. 비닐 사이로 녹은 유가가 튀어나와 있었기 때문에. 둥글고 납작하게 굳은 유가에 먼지가 붙어 있는 걸 보았기 때문에. 좁디좁은 경비실의 벽에 깊게 스며든 묵은 반찬 냄새와 된장국 냄새를 참을 수 없었기 때문에. 나는 괜찮다고 했다. 오래 기다려도 괜찮은 것인지, 아니면 가족을 기다릴 다른 곳이 있다는 것인지, 경비원은 그런 것을 신경 쓰지 않았다. 경비원에게는 경비원의 일이 있었다. 인터폰이 울리면 경비원은 수화기를 들고 자잘한 민원을 꾸역꾸역 들었다. 입주자의 마음을 헤아리고, 재활용품과 일반 쓰레기를 정리하고, 매번 쌓이는 종이 상자의 테이프를 뜯어 납작하게 정리하느라 어린이의 행선지에 대해 생각할 겨를이 없었다. 나는 경비실을 나와 2층 상가 쪽으로 갔다. 그날은 상가 앞 벤치에 동네 할머니들도 없었다. 택시 정류장 앞에 모여 담배를 피우는 택시 기사들 두어 명만 있을 뿐이었다. 겨울이었다. 코 아래로 단단히 감싼 울 목도리에서는 침 냄새가 났다. 침을 뱉은 적 없는데도. 나는 길에도 침을 뱉어 본 적 없는 어린이였다.

    딸깍, 손가락에 힘을 줘 잠금쇠를 밀면 입이 열리는 복조리 모양의 동전 지갑에서 이백 원을 꺼냈다. 가끔 할머니를 졸라 얻어 마시곤 하던 율무차나 우유 말고 다른 걸 마시고 싶었다. 어른들이 마시는 거. 블랙커피와 설탕커피와 밀크커피 중 고민도 하지 않고 밀크커피의 버튼을 눌렀다. 블랙

커피와 설탕커피는 검은색, 밀크커피는 커피색. 황토색이라거나 갈색이라고 생각하지는 않았다. 그것은 커피의 색이었다. 그것도 아주 부드러운.

나는 김이 가늘게 피어오르는 종이컵을 들고 벤치로 가 앉았다. 밀크커피를 아주 조금씩 마셨다. 한 젊은 여자가 택시로 뛰어가자 기사 한 명이 담배를 구둣발로 비벼 끄고 운전석으로 갔다. 택시가 정류장을 빠져나갔다. 아주머니 몇과 근처 중학교 교복 위로 더플코트를 입은 학생이 내가 앉은 벤치를 지나쳐 상가로 들어갔다. 누구도 내가 커피를 마시는 것에 대해 신경 쓰지 않았다. 어린애가 커피를 마시면 안 돼. 고모는 작고 낡은 주전자로 끓인 물을 인스턴트 커피 알갱이가 담긴 컵에 따르며 내게 그렇게 말했었다. 키도 안 크고 밤에 잠도 못 잔다. 너 키도 작고 잠도 못 자고 싶어? 나는 고모가 타는 커피의 향을 깊게 들이마시며 키는 크고 싶지만 밤에 잠을 못 자게 되는 건 좋다고 생각했다. 오히려 잠이 너무 많아서 큰일이었으니까. 나는 밤 9시면 잠에 빠졌다. 스물네 시간 중 열 시간이나 잠에 쏟았다.

아무도 집으로 돌아오지 않을 수 있다. 해가 지고 밤이 찾아올 때까지 혼자일 수 있다. 누구도 나를 찾지 않을 수 있다. 그래서 좋은가, 싫은가? 불안과 초조와 의문이 섞인 밀크커피를 작은 새가 물을 쪼아 마시듯 조금씩 마셨다. 해가 지기 전에 멀리서 할머니가 걸어왔다. 점점 내게 가까워지는 할머니를 가만히 바라보았다.

고모의 말은 절반만 맞았다.

나는 커피를 달고 살았지만 키는 남들만큼은 컸고, 밤에 잠은 잘 못 잔다. 키와 잠 중에서 잠이 훨씬 중요하다는 것을 이제는 알고 있다.

지금 할머니 집은 번호 키를 눌러 문을 연다. 이것은 고모의 선택이었을 것이다. 비밀번호는 집 전화번호 뒷자리. 그건 나의 휴대폰 번호 뒷자리이기도 하다. 내 삶을 이루는 것들이 이 집에서부터 만들어졌다고 생각할 때면 당혹스럽다.

너 이렇게 두고 먹어?

반찬통의 뚜껑만 연 상태로 식탁 위에 찬이 올라온 것을 본 언젠가의 애인은 이렇게 말했다. 내가 끓인 김치찌개도 냄비째로 식탁의 가운데 놓여 있었다. 더럽잖아, 이렇게 먹으면. 애인은 그렇게 말했다. 그때 처음으로 다른 사람들은 이렇게 먹지 않는다는 것을, 누군가는 드라마에 나오는 것처럼 반찬을 먹을 만큼 접시에 덜고, 국과 찌개도 국그릇에 덜어 먹는다는 걸 알게 되었고 그와 동시에 수치심이 머리 끝까지 퍼졌다. 우리는 아까까지 섹스를 한 사이였는데. 나는 섹스도 하고 요리도 하느라 정말 고단한데도 국그릇을 상부장에서 꺼내 김치찌개를 덜었다. 그래도 그렇지. 더럽다니. 애인은 원형 접시에 조금씩 덜어둔 밑반찬―할머니가 택배로 보내준 파김치와 멸치볶음, 마늘장아찌에 손도 대지 않았다. 왜? 더러워서? 내가 이미 반찬통째로 먹었던 음식이라서? 나의 침과 나의 무언가가 이미 섞여 들어가 상하고 있는 것들이라서? 어차피 우리 아까까지 몸을 섞었잖아.

할머니는 여전히 반찬을 통째로 상에 두고 밥을 먹는다. 국물이 있는 동치미 그릇에 밥알이 붙은 숟가락을 푹푹 찔러 넣는다. 동치미 국물에 빨간 고춧가루 하나가 떠 있는 걸 나는 보았다. 나는 이제 그런 걸 먹지 않는 사람이 되었다. 그런 걸 보면 나의 어딘가가 손상되는 느낌을 받는 사람이 되었다.

방

 지난주 일요일, 그러니까 고모가 짐을 이고 지고 끌고 집을 나선 그날, 나는 나의 짐을 어디에 부릴 줄 몰라 들고 온 가방을 거실 구석에 두고 방마다 문을 열어보았다.
 네 개의 방.
 안방에는 퀸 사이즈 침대가 헤드 없이 있었고, 자개 옷장과 화장대는 전과 다름없었다. 현관문 왼쪽, 안방 다음으로 큰 방은 고모의 방이었다. 현관문의 오른쪽 방은 이동식 옷걸이와 개어둔 이불이 있는 것을 보니 손님방으로 쓰는 것 같았다. 나는 부엌 옆에 딸린 작은 방으로 갔다. 문을 열자 먹 냄새가 진하게 났다. 거기 할아버지의 물건들이, 반닫이와 안에 무엇이 담겼는지 모를 상자들과 함께 있었다. 유리가 깔린 책상 위로 화선지 한 묶음과 연적, 쓰다 만 먹이 가지런히 정리되어 있었다. 언제라도 이곳에 할아버지가 들어와 먹을 갈 것처럼. 하지만 할아버지가 죽은 지는 벌써 8년이 지났다. 나는 방문을 닫고 거실의 가방을 챙겨 현관문 오른쪽 방에 두었다. 가방에서 옷가지를 꺼내 이동식 행거 아래에 개켜두었다. 고모의 방에 들어갔다. 연한 분홍빛 벽지는 빛이 바래 노랗게 물들어 있었다. 고정식 행거에 단정히 걸린 고모의 옷을 살펴보다가 방 한구석에 개어둔 요를 가만히 내려다보았다. 언젠가 나의 방이기도 했던 방들. 나는 이 집에서 10년을 살았고, 이 집을 나온 지 10년이 넘었다.

새천년을 맞은 지 한 달이 조금 안 됐을 무렵, 나는 할머니 집에 들어와 살게 되었다.
이제부터 여기서 살게 되었다. 아빠는 내게 그렇게 말했다. 잠깐이라고 했다. 아빠에게 정착할 시간이 필요하다고. 아빠는 일주일에 한 번은 집에 오겠다고 했다. 정착. 그건 아빠에게 꽤 어려운 일이라 느껴졌다. 정착이라는 단어는 정박을 떠올리게 해, 낡고 녹슨 배 한 척이 어딘가에 묶이는 것을 머릿속에서 그려보았다. 나는 텔레비전을 많이 시청한 열 살이었다.

　이제 (너는) 엄마가 없어.
　이제 (나는) 엄마가 없어.

　아무도 내게 그렇게 말하지 않았지만 나는 알고 있었다. 나는 이제 엄마와 함께 살 수 없다는 것을. 엄마의 옆에 누워, 엄마의 등이나 어깨에 코를 묻고 잠들 수 없다는 것을. 그리고 아빠나 할머니에게 엄마에 대해 물으면 안 된다는 것 또한 눈치껏 알게 되었다.

　90년대 초반에 지어진 10층짜리 아파트의 6층, 엘리베이터에서 내리면 오른쪽에 있는 집이 할머니 집이었다. 분명 할아버지와 할머니가 함께 사는 집인데도 나는 그 집을 할아버지 집이 아니라 할머니 집이라고 불렀다. 명절마다 그 집에 가면 부산스레 부엌과 거실을 오가는 할머니를 마주했으니까. 할아버지는 대부분 서예를 위해 꾸며둔 방 안에 틀어박혀 있거나 안방의 가장 안쪽, 자개 옷장 옆으로 깔아둔 요에 누워 자고 있었다.

네 개의 방.

안방은 할머니와 할아버지가 썼고 현관문 왼쪽 방은 고모가 썼다. 현관문 오른쪽 방은 할아버지의 서예방이었다. 창고로 사용 중이던 부엌 옆에 딸린 작은 방이 내 방이 되었다.

그러니까 그 방은 '임시의 방'이었다. 자주 들여다볼 필요가 없는 물건이 쌓이는 방. 그 방에 있던 몇 개의 종이 상자가 빠지고, 내 옷이 담긴 몇 개의 종이 상자가 들어갔다. 그렇게 나는 임시로 이 집의 일원이 되었다.

자주색

정사각형의 방.

벽 한 면에 붙여놓은 직사각형의 나무 소반 하나가 나의 책상이 되었다.

할머니는 비단처럼 반질반질한 천으로 만든 붉은색 사각 방석 하나를 내게 주었다. 나는 나의 물건이 든 종이 상자 안에서 투명한 플라스틱으로 만들어진 파일 케이스 하나를 찾아냈다. 그 안에 일기장과 아직 한 번도 깎지 않은 연필, 내지에 마시마로 캐릭터가 그려진 손바닥만 한 수첩을 넣고 파일 케이스를 닫아 소반 아래로 밀어 넣었다. 가로, 세로, 높이가 딱 맞았다. 그것이 나의 책상 서랍이 되었다. 나는 그 앞에서 양반다리를 했다. 아직 전학 절차도 밟지 않았는데도, 학기가 시작되려면 한 달이나 남았는데도 나는 일기를 썼다. 스케치북에 그림을 그렸다. 아무것도 변한 것이 없다는 듯이 아주 일상적으로. 고집스럽게.

왜 속옷을 갈아입지 않았느냐고 물어본 사람은 셋째 숙모였다.

할머니 집에 살게 된 지 일주일 만이었고, 설 전날이었다.

명절을 맞아 아빠의 형제들이 가족을 이끌고 집으로 왔다. 부엌에서 전 부치는 냄새가 방문 틈으로 들어왔다. 나는 그 냄새를 맡으며 그림을 그리고 있었다. 무엇을 그렸는지는 기억나지 않는다. 기억나는 것은 숙모의 목소리뿐이다.

나진아, 동태전 좀 먹어볼래?

다정하게 나를 부르며 방문을 연 셋째 숙모는 방바닥을 내려다보며 어라? 작게 놀랐다. 숙모의 시선이 향한 데엔 내가 벗어둔 양말이 있었다. 자주색 양말은 오래 신어 발바닥 부분이 반질반질하고 딱딱했다. 마치 발을 벗어놓은 것처럼 보였다. 숙모는 검지와 엄지로 양말을 집어 내게 가까이 왔다. 나진아, 이게 뭐야.

잠옷에서 냄새가 나잖아.

팬티는 갈아입었어?

나는 고개를 가로젓지도 끄덕이지도 못하고 숙모를 바라봤다. 숙모가 그렇게 물으니 밑이 가려워졌다. 확실히 내게서 냄새가 나는 것 같았다.

왜 못 갈아입었어? 어디 있는지 몰라서 그랬어?

숙모는 내 입에 식힌 동태전을 넣어주고는 내 옆에 와 앉았다. 나는 동태전을 씹었다. 생선을 싫어하는데도, 동태라면 냄새만 맡아도 질색하는데도 꾸역꾸역 먹었다. 내가 그것을 오래 씹는 동안 숙모는 몸을 일으켜 이불장 옆에 쌓아둔 종이 상자에서 나의 옷가지를 모두 꺼냈다. 여기 있네. 팬티랑 양말이랑 다 있네. 저녁 먹기 전에 다 갈아입자. 혼자 씻을 수 있지?

물론 나는 혼자 씻을 수 있었다. 할머니 집에 살기 시작하면서 이틀에 한 번은 혼자 샤워를 했다. 다만 입었던 속옷과 양말을 어디에 두어야 하는지, 세탁기는 누가 작동시키는지, 할아버지와 할머니, 고모의 옷가지와 내 옷이 섞여도 되는지 몰랐기에 씻고 나서 입었던 속옷과 잠옷을 입어왔던 것뿐. 나는 이 집의 규칙을 몰랐다. 아무도 내게 알려주지 않았다. 할아버지는 누워 있거나 서예방에 틀어박혀 있었고, 할머니는 매일 음식을 만들거나 음식을 만들 준비를 하느라 바빴다. 백화점에서 일하는 고모는 아침 일찍 나가 밤늦게 들어왔다.

샤워를 하고 새 속옷과 잠옷으로 갈아입은 나를 셋째 숙모가 베란다 안쪽에 자리한 통돌이 세탁기 앞으로 데려갔다. 세탁기 앞에 놓인 플라스틱 바구니에는 젖은 수건과 뒷주머니에 별 모양으로 비즈가 박힌 고모의 청바지, 할아버지의 줄무늬 잠옷 바지, 할머니의 팬티가 담겨 있었다. 여기에 넣는 거야. 숙모는 내가 손에 들고 있는, 일주일 내내 입고 있었던 옷가지를 눈짓으로 가리켰다. 나는 옷가지를 쥔 손에 힘을 풀었다. 그것들이 젖은 수건과 고모의 청바지, 할아버지의 잠옷 바지, 할머니의 팬티 위로 쌓였다.

숨

 나의 방이 된 그 정사각형의 방에는 내 키만 한 반닫이가 하나 있었다. 봉황 모양의 주물로 장식된 장은 할머니가 시집올 때 가져온 것이라 했다. 문 양쪽에 달린 문고리를 몸 쪽으로 당기면 문이 아래로 접히면서 반닫이의 내부가 드러났다. 그 안에는 목화솜이 든 두툼한 이불이 켜켜이 쌓여 있었다. 그건 꼭 거대한 동물의 내장처럼 보였다. 물고기 모양의 걸쇠를 풀고 문을 열어 이불에 얼굴을 가까이하면 오래된 나무 냄새와 솜 냄새, 먼지 냄새를 언제나 맡을 수 있었다. 나는 그 냄새를 좋아했다.

집에 아무도 없는 걸 확인하고선 반닫이의 걸쇠를 풀었던 날. 검지 끝으로 이불의 주름을 따라 그려보다가 손을 거두고 얼굴을 솜이불에 파묻었다. 어깨뼈를 늘려 길어진 두 팔로 반닫이의 양옆을 껴안았다. 스스로를 여기서 도망가지 못하게 하려는 듯이. 누군가에 의해 포박당한 듯이. 나는 오래된 것의 냄새를 깊게 들이마셨다. 숨이 막혀왔다. 잠드는 순간처럼 머릿속이 아득해지고, 몸의 무게가 가벼워지는 것을 느꼈다.

더는 안 돼.

누군가의 품에서 빠져나가려는 듯이 이불을 밀어내며 얼굴을 떼었다. 거친 숨을 몰아쉬며 눈앞의 이불을 노려봤다.

빛나는 소라 고모

 이 집안의 유일한 딸인 고모는 항렬자를 따르지 않았다. 형제들은 용鏞을 항렬자로 썼다.

 고모의 이름은 희라. 빛날 희熙에 소라 라螺.

 내가 집에 들어와 살게 되었을 때 고모는 이십대의 끝 무렵이었다.

 고모는 아침 7시 반쯤 집을 나가 밤 10시가 넘어 들어왔다. 주에 하루 정도를 쉬었는데 늘 평일이었다. 쉬는 날에는 할머니의 잔소리를 듣는 척도 안 하며 끼니를 거른 채로 방 안에만 있거나 점심쯤 느지막이 집을 나가 밤늦게 돌아오곤 했다.

고모는 전에는 여성복을 판매했고 지금은 같은 백화점에서 구두를 판매한다고 했다.

아빠와 내가 할머니 집에 도착했을 때는 저녁 8시였고, 할아버지와 할머니는 이미 저녁을 먹은 후였다. 할머니가 아빠와 나에게 저녁을 차려주었다. 나는 밥을 먹지 않고 텔레비전을 보았고, 아빠는 말없이 밥을 두 그릇이나 먹었다. 아빠는 다음 주에 다시 집에 오겠다고 했다. 내게 할아버지 할머니 말을 잘 들으라고 했다. 퇴근한 고모가 집에 돌아왔을 때 나는 도저히 허기를 참을 수 없었다. 나는 조용히 부엌으로 가 고모의 맞은편에 앉았다. 할머니가 내 몫의 밥을 펐다. 고모는 내가 입은 옷을 보고는 인상을 조금 찌푸렸다. 애 옷을 뭐 이렇게 입히고 살았대? 칙칙하게. 나는 밑단에 프릴이 달린 밤색 코듀로이 바지와 검은색 목폴라 니트를 입고 있었다. 고모는 내 니트의 어깨 부분을 살짝 꼬집어 만졌다. 그래도 소재는 좋아 보이네.

엄마, 나 내일 도시락 좀 싸줘.

도시락은 네가 직접 싸라. 시집을 가도 모자랄 판에 다 늙은 에미한테 도시락을 싸달라고.

그냥 좀 싸줘. 내일 바빠.

고모는 밥과 반찬만을 번갈아 보면서 할머니에게 말했

다. 할머니의 쌀쌀맞은 말투가 낯설었다. 나에게는 다정하진 못하더라도 손주를 대할 때 특유의 부드러움이 있었으니까.

어느 상황에서나 고모가 끼어 있으면 분위기가 달라졌다. 형제들과 나이 차가 꽤 나는 것도 이유겠으나 그보다는 고모의 유난히 건조한 말투가 한몫하는 것 같았다. 장남인 아빠와 고모는 띠동갑이었다. 고모는 형제들과 있을 때 거의 아무 말도 하지 않았다. 사업을 운영하거나 기업에서 생산직으로 근무하는 형제들 사이에서 백화점 판매원이자 어린 여자인 고모는 같은 부모를 둔 남매라기보다는 조카처럼 보였다. 모르는 사람에게 차라리 나의 언니라고 말한다면 부모님이 늦둥이를 보셨구나, 말할 법했다.

고모는 내게 관심이 없었다. 뭐랄까, 내가 눈에 보이지 않는 사람이라도 되는 듯이, 나의 존재가 전혀 느껴지지 않는다는 듯이 행동했다. 어린아이에게 대체로 물어보는 것들―몇 살이니, 커서 뭐가 되고 싶니, 뭘 좋아하니 같은 것들에 대해 나는 언제나 답을 준비하고 있었는데 애초에 고모는 묻지도 않았다.

고모는 이 집에 아주 익숙했고, 그 익숙함을 깨뜨리고 싶지 않았을 것이다. 고모는 나를 새로 들어온 작은 가구쯤으로 생각하는 것 같았다. 누가 준다고 해서 어쩔 수 없이 받아 놓고는 자리를 잡지 못한 채 덩그러니 놓인 쓸모없는 가구.

어느 날 나는 고모가 제 앞에 봉지째 펼쳐두고 먹는 과자를 물끄러미 봤다. 그러자 고모가 나를 잠시 내려다봤다. 먹어. 고모는 다시 텔레비전으로 시선을 돌렸다. 고모는 나를 싫어하는 게 분명했다. 그렇다면 나도 고모를 싫어하고야 말겠다. 고모가 허락을 내려준 과자를 집어 먹으며 다짐했다.

고모의 방에 있는 것이라곤 작은 옷장 하나와 5단 서랍장, 화장대, 그리고 구석에 개켜둔 요뿐이었다.

전신 거울이 달린 좌식 미니 화장대. 거울 끝에 달린 손잡이를 잡고 열면 안에 가득 채워져 있던 생리대와 새 화장품들. 바뀐 것도 없는데 마치 재고 체크를 하듯 거의 매일같이 구경했던 날들.

고모가 일을 나가 집에 없는 오후, 나는 화장대 위에 흐트러져 있는 립스틱과 아이섀도 팔레트를 열고 입술과 눈에 발라보았다. 내가 썼다는 걸 들키면 안 되니 검지 끝으로 아주 조금만 칠했다. 고모가 바르고 다니는 립스틱은 주황색과 진달래처럼 진한 핑크와 채도가 낮은 빨간색 정도였는데 나는 채도가 낮은 빨간색을 연하게 바른 고모의 입술을 제일 좋아했다. 나머진 모두 입술만 어디서 따로 떼 온 것처럼 어색해 보였다. 나도 그 빨간색을 검지에 묻혀 입술에 톡톡 찍어 발랐다. 입술이 저절로 붉어졌다는 듯이.

아침에 희게 파우더를 칠해 매끄러웠던 고모의 얼굴은 퇴근해 집에 돌아올 무렵엔 기름이 돌아 번들번들했고 코와 입 주변에는 파운데이션이 뭉쳐 있었다. 입술의 산을 살려 꼼꼼히 바른 립스틱은 입술의 테두리에만 진하게 남았다. 번진 아이라인과 마스카라로 눈 밑이 검었다. 눈두덩이에 발랐을 아이섀도의 펄이 볼에 묻어 있기도 했다. 강도 높은 노동에 지쳤을 뿐이었겠지만 내게는 번화가의 화려함에서, 모든 게 새것인 상품 더미에서 겨우 벗어난 얼굴로 보였다. 피로해 보였으나 여전히 반짝였다.

너 왜 안 자니?

이름을 불러주면 좋을 텐데. 할머니와 할아버지는 안방에서 이미 자고 있었다. 나는 거실에서 홀로 텔레비전을 보다가 고모의 말에 리모컨 버튼을 눌러 전원을 껐다. 고모는 화장실로 들어가 클렌징크림을 얼굴에 잔뜩 얹고 작은 원을 그리며 꼼꼼히 문질렀다. 눈썹 절반이 사라진 고모의 맨 얼굴. 볼이 희고 통통했다. 빨리 가서 자. 나는 고모의 말에 안방으로 들어가 할머니 옆에 놓인 작은 베개를 베고 누웠다. 할머니에게서는 할머니 냄새가 났다. 이불에서도 할머니 냄새가 났다. 나는 혼자 자는 것이 무서웠다.

  레이스로 장식된 연보라색 브래지어. 같은 레이스로 장식된 삼각팬티. 민무늬의 검은색 브래지어. 허리 부분이 살짝 늘어난, 새틴처럼 반지르르 광이 흐르는 검은색 팬티. 할머니 것과는 다른 고모의 속옷. 나도 저런 것을 입게 될 것이다. 지금은 엉덩이 부분에 세일러문이 그려진 하늘색 팬티를 입고 있지만 나중에는 나도 저런 것을. 베란다 빨랫줄에 걸린 고모의 속옷을 보며 그런 생각을 했다. 나는 고모를 싫어할 수가 없었다.

간장의 맛

 예전에는 베란다 가장 안쪽에 통돌이 세탁기가 있었는데 오늘 보니 드럼 세탁기로 바뀌어 있었다. 바꾼 지 얼마 안 되었는지 세탁기가 유난히 반짝거렸다. 할머니의 옷과 나의 잠옷, 사용한 수건을 세탁기에 넣고 작동시켰다. 화장실 세면대에서 손빨래한 내 속옷은 탈탈 털어 빨랫줄에 집게로 걸었다. 속옷을 더 가져왔어야 했는데. 고모가 돌아올 때까지 부지런히 손빨래해야 했다.
 어떻게 저 세탁기를 쓸 줄 아냐. 나는 모르는데. 할머니는 베란다에 키우는 화초의 잎을 건조한 손가락 끝으로 닦아내며 내게 말했다. 세탁기 바꾸고는 나는 어떻게 쓰는 줄을 몰라서 희라가 다 한다. 희라만 할 줄 아는데, 너도 저걸 할 줄 아나. 오븐이 고장 나서 이제 나는 오븐도 못 쓰고 가스레인지만 쓸 줄 알고 세탁기도 돌릴 줄 모르고 아무것도 모른다.

나는 할머니 곁에 가서 화초를 들여다봤다. 마른 데 하나 없이 초록이었다.

이게 그 보건소에서 준 건데 이렇게 컸다. 그 보건소 선생이 다 죽어가는 걸 이거 어쩌나 하고 있길래 그냥 나 달라고 했지. 봐라. 내가 키우니까 이렇게 잘 크지. 지난봄에는 꽃도 피웠다. 요 작은 게 꽃도 피우더라. 그 꽃이 얼마나 노랗고 예쁜지 내 마음이 다 환해지고.

이것도 봐라. 이 겨울에 꽃대 올라온 거 봐라.

할머니의 말이 길어질 것 같아서 자세를 고쳐 앉았다. 무릎을 세워 앉아 할머니의 두툼한 손가락이 가리키는 화초들을 물끄러미 보았다. 할머니는 그저께도, 내가 집에 온 날에도 화초 이야기를 했다. 몇 번 더 들으면 그것들마다의 스토리를 나도 외울 수 있지 않을까, 이것 봐라 이게 누가 준 건지 아냐 말할 수 있지 않을까 싶었는데 화초는 너무 많고 이야기도 그만큼 많은 데다가 가끔 스토리에 변주가 일어나곤 해서 평생 걸려도 외우지 못할 것 같았다.

경은에게 부재중 전화가 와 있었다.

내가 다시 전화를 거니 경은은 받지 않았다. 한 시간이 지나고서 다시 경은에게 전화가 왔다.

아직 서울 안 갔지?

응, 아직 안 갔어.

너 내려온 지 며칠 지나지 않았니?

응, 좀 됐지.

근데 왜 만나자는 말을 안 해?

아.

아, 같은 소리 하네. 안 만날 거야?

정신이 없었어. 미안. 언제 시간 돼?

나 월요일 하루밖에 안 쉰단 말이야.

아니면 나 머리 하러 갈까?

그래, 너 머리 하러 와라. 또 머리 개판으로 하고 다니지?

혼나겠네. 속으로 생각했다. 나 손님 온다. 나중에 다시 연락하자. 경은이 먼저 전화를 끊었다. 내 옆에서 텔레비전을 보던 할머니가 나와 내 휴대폰을 번갈아 보다가 나갔다 와라, 했다. 점심은 혼자 먹어도 되니 나갔다 와도 된다고. 으응, 알았어. 나는 그렇게 대답하고는 그렇다면 내일 할머니에게 점심을 차려주고 나서 경은에게 가볼까, 오랜만에 경은에게 혼나볼까 생각했다.

저녁으로는 미역국을 끓이기로 했다.

냉동실에 국거리용 소고기가 한 주먹 있길래 그걸 찬물에 해동했다. 국간장과 진간장밖에 모르는 나로서는 왜간장과 양조간장과 조선간장 중에 도대체 무엇을 넣어서 맛을 내야 하는지 모르겠어서 할머니에게 물었다.

조선간장을 넣어야지. 왜간장 넣으면 다 망친다.

조선간장이 담긴 1리터짜리 플라스틱병의 뚜껑을 비틀어 여는데, 주둥이 쪽에 결정된 소금이 파스스 떨어졌다. 쿰쿰한 간장 냄새에 나도 모르게 미간이 찌푸려졌다.

그 간장이 진짜 좋은 간장이다. 앞 동 아줌마가 그거를 다 담가가지고 우리를 다 나눠주더만. 그게 보통 일이 아닐 것인데.

식탁 의자에 앉은 할머니가 나를 가만 봤다.

근데 네가 국을 다 한다고. 그런 것도 할 줄 아냐.

그럼 다 하지, 할머니. 나도 지금 나이가…….

정확히 나이를 말하려다 말았다. 할머니, 마늘은 어디 있어? 할머니는 부엌에 딸린 작은 베란다를 가리키다 말고 아니다, 내가 가져오마, 했다.

해동한 소고기를 참기름에 약불로 볶다가 불린 미역을 넣어 함께 볶았다. 할머니가 베란다에서 꺼내 온 마늘 세 알의 껍질을 까서 내게 주었다. 나는 마늘을 칼자루 끝으로 다져 냄비에 넣었다. 조선간장을 눈대중으로 대충 넣었다. 이게 맞나? 멸치액젓은 없고 까나리액젓만 있어서 일단은 여기서 멈췄다.

미역을 볶을 때.

응?

미역을 볶을 때 조선간장도 넣었어야지.

그런 거야?

그래야 맛이 배지.

어쩜 음식 얘기 할 때만 이렇게나 정확한지. 나는 고개를 끄덕였다. 미역국이 흰 거품을 내며 끓어올랐다. 한 숟가락 떠서 국물 맛을 보았는데 물과 간장과 미역이 전부 따로 노는 맛이었다. 서로 친해지려면 시간이 걸릴 것 같았다. 어쨌거나 오래 끓이면 다 먹을 만해지겠지 싶어 불을 줄여두고 거실로 갔다. 할머니도 나를 따라 나왔다. 나는 소파에, 할머니는 소파 아래에 다리를 쭉 펴고 앉았다.

요리도 막 할 줄 아냐, 그렇게?

나를 올려다보는 할머니의 눈빛에 장난기가 묻어 있었

다. 그래도 여자라고 요리를 할 줄 안다. 효, 하고 한숨을 쉬며 할머니는 다시 텔레비전으로 고개를 돌렸다.

할머니는 미역국을 떠먹을 때마다 싱겁다고 했다.
네 맛도 내 맛도 아니다.
할머니, 싱겁게 먹어야 몸에 좋아.
그것도 정도껏이지. 이거는 맹탕이구만. 희라 것보다 못하다.
문제는 내 입에는 간이 그럭저럭 괜찮았다는 점. 할머니, 고혈압 환자는 짜게 먹으면 정말 정말 안 돼. 내가 아무리 말해도 할머니는 싱겁다고만 할 뿐이었다. 가서 고구마나 가져오라고 해서 나는 전자레인지 위에 있는 소쿠리에서 찐 고구마 하나를 꺼내 왔다. 할머니는 밥과 고구마와 사과를 번갈아 먹는 와중에도 미역국의 국물은 다 들이켰다. 미역국은 내일이면 더 맛있어질 거야. 나는 내 몫의 국에 밥을 말며 생각했다. 미역을 너무 많이 불린 탓에 적어도 사흘은 먹어야 했다.

잠

할머니는 새벽 1시에 잠에서 깨어난다. 나는 그걸 눈을 뜨지 않고도 알 수 있다.

삭 삭 삭 삭
훅 훅 훅 훅

할머니의 마른 손이 잠옷 바지의 허벅지께를 스칠 때 나는 소리.
할머니가 숨을 뱉는 소리.
그건 할머니가 제자리걸음 하는 소리였다.

어설프게 잠들었다가 그 소리에 잠시 깨었다. 잠에서 깨지 않은 듯이, 여전히 깊은 잠에 빠져 있다는 듯이 몸을 뒤척거리며 모로 누웠다. 실눈을 떴다. 어둠 속, 화장실 앞에서 할머니가 무릎을 높이 올리며 손날을 세운 양팔을 세차게 흔들며 제자리걸음 하고 있었다. 혼자 멀리 나가기 어려운 할머니가 꼭 지키는 운동법이었다.

삭 삭 삭 삭
훅 훅 훅 훅

동그랗게 모은 입술로 숨을 뱉었다. 소리의 리듬이 일정했고 할머니의 움직임도 흐트러지지 않았다.

그사이 나는 잠깐 꿈을 꾸었다. 꿈속에서 나는 3인칭으로 등장했다. 지금의 머리가 아닌 허리까지 머리가 긴 여자의 뒷모습을 보았다. 그 여자, 그러니까 나는 잡다한 물건을 파는 시장을 걷고 있었다. 물건 좀 보고 가라는 상인의 말에 허리를 숙여 좌판에 깔린 것들을 살폈다. 쥐덫과 애벌레 모양 인형과 벽돌처럼 두꺼운 공책과 살아 있는 랍스터가 있었다. 밤색 표지의 공책은 얼마나 오래되었는지 먼지가 잔뜩 쌓여 있었고 종이는 누렇게 바랬다. 랍스터는 푸른

빛을 띠었다. 플라스틱 끈으로 묶인 집게가 움찔거렸다. 쥐덫은 보는 것만으로도 손가락이 아파 건드리지 못했다. 분홍빛의, 손바닥만 한 애벌레 모양 인형을 한 손으로 쥐었다. 무척 부드럽고 말랑말랑해 손아귀에 힘을 주자 인형이 두 쪽으로 나뉘어 떨어질 것 같았다. 손아귀 힘을 풀었다가 다시 주기를 몇 번 반복했다. 미지근했다.

미지근한 기운.

손이 움찔거렸다. 아직 시장인가. 그런데 왜 내가 누워 있지.

바람에 날리던 먼지가 잠잠해지듯 천천히 현실로 돌아왔다. 꿈이었어. 그런데 어째서 내 뺨이 이렇게나 미지근한지.

누군가 나의 뺨을 천천히 쓸어내리고 있었다.

눈을 뜨지 않았다. 애써 잠든 척하지도 않았다. 절반쯤은 깨어 있고 절반쯤은 잠든 상태로, 그 손길을 순순히 받아들였다.

동맥

 육십대의 할머니는 매 계절 먹을 것을 만드느라 바빴다. 매일 대비하기 위해 살아갔다. 아파트 베란다에 절인 배추가 진지를 구축하듯 쌓였고 고추장과 된장 메주를 만드는 날에는 집에서 종일 고소한 콩 냄새가 났다. 익힌 콩을 나보고 으깨라고 해서 나는 도깨비방망이 같은 절굿공이로 빨간 고무 대야에서 김을 잔뜩 피워올리는 메주콩을 빻았다. 빻다 말고 콩을 한 주먹씩 집어먹느라 배가 불러 저녁식사를 하지도 못했다. 보일러가 제일 잘 돌아가는 곳에서 띄워야 한다며 할아버지의 서예방─보일러실 바로 옆, 지금의 손님방이다─에 도넛 모양의 고추장 메주와 목침처럼 두툼한 된장 메주를 띄웠을 때는 할아버지가 길길이 날뛰기도 했다. 그래도 할머니는 메주를 다른 방으로 옮기지 않았다.

한여름에는 고구마 줄기를 대야에 잔뜩 쌓아놓고 할머니와 나는 그 앞에 앉아 껍질을 벗겼다. 조금씩 분질러서 이렇게 벗겨라. 할머니는 능숙하게 줄기 끝을 부러뜨려 껍질의 절반 이상을 단번에 벗겨냈다. 나는 그게 쉽지 않아서 줄기를 여러 번 부러뜨려야 했고 한 시간이 넘도록 그것만 했더니 손끝이 온통 까매졌다. 늦여름이면 할머니는 빨간 고추를 잔뜩 사서는 아파트 앞마당에 돗자리를 깔고 한나절 말리다가 밤이 되면 거두어 다시 거대한 비닐봉지에 넣기를 반복했다. 한 달 내내 거실에서는 마른 고추 냄새가 났다.

겨울철 김장 같은 큰 이벤트가 아니더라도 할머니는 수시로 이름 모를 풀 같은 것들을 한 다발씩 들고 와 김치를 담갔다. 명절이면 명절이라고, 봄이면 봄이라고 매번 몇 종류의 나물을 만들었다. 할머니는 누군가를 먹이기 위해 사는 것 같았다. 할머니의 삶에 필요한 건 부엌과 잠들기 전에 조금의 휴식을 만들어주는 텔레비전뿐이었다.

할머니는 쓰러질 때조차 부엌에 있었다. 싱크대 앞이었다.

뇌동맥류 파열 뇌출혈이라고 했다. 나는 중환자실에서 잔뜩 부은 머리를 붕대로 동여맨 채 여전히 눈을 뜨지 못한 할머니의 모습을 기억하고 있다. 고령이라 재수술은 어려웠다. 의사는 회복할 가능성이 낮다고, 회복하더라도 일반적인 생활은 하기 어려울 거라고 했다. 일단은 심하게 부은 뇌가 점차 원래의 크기로 돌아오기를 바라는 수밖에 없었다. 나는 그날 아빠를 오랜만에 광주에서 보았다. 아빠는 흥분 상태에 빠져 병원 복도를 서성이다가도 깊은 고민에 빠진 듯 대기 의자에 앉아 손에 얼굴을 파묻었다.

말 그대로 두개골 안에서 동맥이 터져버린 것이다. 팍 하고 터져버린 거야. 나는 부풀어 오른 할머니의 머리를 보면서 두개골과 그 안의 혈관과 뇌의 주름 같은 것들을 생각했다. 할머니가 깊게 숨을 들이쉬며 눈을 떴을 때, 끔찍한 악몽에서 깨어난 것처럼 온몸의 구멍을 활짝 열었을 때, 노랗다 못해 주황빛인 할머니의 눈 흰자위를 보고는 나도 모르게 시선을 돌렸다. 동맥이 아니라 할머니의 전체가 터져버린 것만 같았다.

작년에 할아버지 상을 치렀기에—겨울에 할머니와 할아버지가 독감에 걸렸다. 할머니는 사흘 만에 나았고 할아버지는 급성 폐렴으로 병이 커지더니 이틀 만에 패혈증으로 숨을 거뒀다. 입관식 때 아빠가 우는 모습을 처음으로 보았는데 나의 마음이 조금 아파서 놀랐던 기억이 있다―아빠를 비롯한 형제들은 이미 마음의 준비를 하고 있었다. 고모는 이번에도 별말이 없었다. 부엌에 쓰러져 있는 할머니를 발견한 건 외출하고 돌아온 고모였다. 할머니는 고모와 저녁으로 함께 먹을 김치찌개를 끓이고 있었다. 그나마 다행인 건 고모가 금방 집에 돌아왔었다는 것이었다. 정확히 고모에게 들은 것은 아니지만, 그해 고모는 다시 일을 구하려고 짧게 집을 비우곤 했던 것 같다.

할머니는 느리게 회복했다. 한 사람이 태어나 성장하는 속도로.

그동안 아빠의 형제들은 만나면 병원비 문제로 싸우고 봤다. 모이는 곳은 언제나 할머니 집이었고, 이제 그 집의 주인은 고모처럼 보였다. 중환자실에서 일반실로, 요양병원으로 이동하면서 할머니의 지능은 일곱 살 수준에서 원래의 나이로 천천히 돌아왔다. 몸은 그보다 회복하는 속도가 느렸다. 한동안은 몸의 오른쪽을 쓰지 못했고 오래 말을 하지 못했다.

그즈음 고모는 빈틈없이 포기한 사람처럼 보였다.

할머니가 쓰러진 이후 처음으로 뱉은 말은 주여,였다. 2년 만이었다.

침대에 가만히 누워 있는데, 희라는 거실인지 부엌인지 어딘가에 있는데, 방문이 살짝 열려 있는데, 그 틈이 아주 밝은 빛으로 가득 찬 것을 내가 보았는데, 그걸 보니 나도 모르게, 어떤 계시를 받은 것처럼 갑자기 주여, 하고 튀어나왔다. 기침을 하듯이. 가래를 뱉듯이.

다시 깨어나고 말을 할 수 있게 된 건 다 하느님 덕분이라고 했다.

할머니는 그런 이야기를 하며 내 두 손을 자신의 두 손으로 꼭 잡았다. 미지근하고 부드러웠다. 내가 할머니의 두 손을 잡아본 적이 있었나? 거동이 가능해지고, 말도 할 수 있게 된 할머니 앞에서 나는 그런 생각을 했다.

지금 할머니의 머리에는 왼쪽 눈썹부터 세로로 긴 수술 자국이 깊게 박혀 있다. 전보다 이마 양옆이 조금 꺼진 것 같기도 하지만, 예전에는 항상 가늘게 만 파마머리로 이마 양옆을 숨겼기에 어쩌면 변한 건 없을지도 모른다.

달고 끈적거리는 것

전학 첫날, 할머니가 나를 학교에 데려다주었다.

초등학교 3학년 새 학기 첫날이었다. 나는 전학생이 아닌 것처럼 굴었다. 짝꿍과 인사하고 필통과 교과서를 책상 위에 반듯하게 놓았다. 같은 반 아이들도 굳이 내게 관심을 보이지 않았다. 나의 얼굴에는 어떤 사건의 기미나 새로운 흥밋거리 같은 게 드러나지 않았다.

같은 아파트 단지에 사는 여자아이들과 함께 하교했다. 아이들은 같은 반 남자아이에 대해, 선생님이 어떤 아이를 예뻐할 것인지 어떤 아이를 싫어할 것인지 대해 가늠하며 골목을 걸었다. 아이들은 2학년 때부터 같은 보습학원을 다녔다고 했다. 일주일에 한 번 오겠다는 약속은 잊은 듯 한 달 만에 집에 온 아빠에게 나는 용기를 내서 학원에 등록해달라고 말했다. 이미 취했는데도 냉장고에서 김치를 꺼내놓고 소주를 머그컵에 따라 마시던 아빠는 그런 돈이라면 언제든 줄 수 있지만 성과가 있어야 한다고 했다. 열 살이 이룰 수 있는 성과라는 게 도대체 무엇인지는 모르겠지만 나는 고개를 끄덕였다.

2층짜리 상가 건물의 지하에는 아파트 단지 사람들이 모두 이용하는 큰 마트가 있었고 1층에는 귀걸이나 넥타이를 파는 잡화점을 중심으로 제본을 겸하는 작은 문구사와 다리를 저는 아저씨가 운영하는 철물점, 여성복 판매점과 속옷 가게, 파마를 만 원에 말아주는 미용실이 있었다. 그 미용실의 대기 의자에는 언제나 할머니 두세 명이 머리에 물방울무늬 헤어 캡을 한 상태로 앉아 있었는데 할머니들은 늘 떡이나 과일 같은 것을 나눠 먹었다. 계단을 올라 2층으로 가면 가운데에는 피아노 학원이—이름이 베르디 피아노였는데 문밖으로 가장 많이 들렸던 음악은 〈고양이 춤〉과 〈엘리제를 위하여〉였다—그 맞은편으로는 태권도 학원이 있었다. 피아노 학원과 태권도 학원은 연주 소리와 기합

소리를 서로 싸우듯이 복도로 밀어냈다. 학원을 지나 왼쪽으로 꺾으면 아파트 단지의 이름을 딴 치과가 있었고, 그 옆으로는 유리문에 광고·명함·인쇄·시트라 크게 인쇄해 붙여둔 광고 인쇄 업체가, 한 바퀴를 돌아 다시 계단이 있는 곳으로 돌아오면 유리문에 세로로 콤퓨타 세탁 드라이크리닝이라 쓰인 세탁소가 있었다. 세탁소는 은테 안경을 쓴 아저씨가 홀로 운영했다. 늘 누군가의 재킷이나 와이셔츠를 다림질하던 그 아저씨는 입술 끝에 바늘을 물고 있지 않을 때도 언제나 입이 묘하게 구겨져 있었다.

  2층에서 계단을 올라가면 언젠가 롤러스케이트장이었을, 바닥의 페인트칠이 다 벗겨진 넓은 공터가 나왔고 공터의 옆면을 따라 불법으로 증축한 컨테이너 공간이 길쭉하게 나 있었다. 컨테이너 공간의 문에는 '현 보습학원'이라 푸른색으로 굵게 쓰여 있었다. 현 보습학원은 중년의 부부와 그의 아들이 운영했다. 중년의 여자는 학원의 전반적 실무와 영어를, 원장인 그의 남편은 국어와 한자를 가르쳤다. 아들은 수학과 과학을 가르쳤다. 아들의 이름이 현이었다.

  학교 수업을 마친 아이들과 나는 저녁까지 그 학원에서 시간을 보냈다. 여름에는 여자 선생님이 수박을 잘라 우리에게 나눠주었고, 겨울이 오면 붕어빵을 여러 봉지 사 와

하나씩 나눠주었다. 받아쓰기를 틀리면 틀린 문제만큼 우리의 손바닥을 때리는 것도, 학원비가 밀리면 수업이 끝나고 원장실로 아이를 데려가 원장실의 문을 잠그는 것도 여자 선생님이었다.

우리는 겨울이면 강의실 앞쪽에 놓인 석유난로 근처에 모여 앉아 학교 앞 문구점에서 사 온 백 원짜리 사탕의 포장지를 벗겼다. 난로 가까이 사탕을 대고 겉면이 녹기를 기다렸다. 열에 녹진해진 사탕을 앞니로 살살 긁어 먹었다.

왜 이렇게 먹으면 더 맛있을까?

여름에도 이렇게 먹었으면 좋겠다.

아이들은 몇 달 전의 폭염을 잊어버렸다. 나는 막대가 긴 발바닥 모양의 파란색 사탕을 천천히 녹여 엄지발가락을 떼어 먹었다.

얘 발가락만 먹었어.

으악, 발가락만 먹었대요.

나는 그게 웃기다는 듯이 이를 다 드러내고 웃었다. 윗니와 아랫니에 끈끈한 사탕이 들러붙어 이를 부딪치면 딱딱 소리가 났다. 파래진 혓바닥을 쭉 내밀었다. 아이들은 소리를 지르면서도 제 혓바닥 색깔이 궁금해 입을 벌리고 혀를 내밀었다. 우리는 서로의 혓바닥 색깔이 무엇인지 알려주었다.

한 아이가 윗니와 아랫니를 부딪치며 딱딱 소리를 내다가 어? 하고 입을 다물었다. 어리둥절해하며 바닥을 내려다보는 아이의 시선을 따라 우리도 바닥을 내려다봤다. 노란 송곳니가 바닥에 떨어져 있었다. 그건 아주 작은 동물의 뼛조각처럼 보였다. 우리에겐 아직 유치가 있었다. 이를 밀어내며 자라는 이가 있었다.

그 겨울, 학원에는 새로운 생명체가 들어왔다. 작은 강아지였다.

아기 요크셔테리어의 이름은 티노. 티라노사우르스를 줄여 이름 붙인 것이었다. 여자 선생님이 보온병보다도 작은 그 강아지를 품에 안고 강의실에 들어왔을 때 우리는 완전히 매료되었다.

티노야 안녕. 티노야 안녕.

티노는 남자예요, 여자예요?

검지로 티노의 이마와 등허리와 작은 앞발을 조심히 쓸어내렸다. 티노의 정수리에 코를 가져다 대면 비릿하고 고소한 냄새가 났다. 티노는 발끝까지 몸을 떨었다. 여자 선생님은 수업 시간이 시작되면 강의실 앞쪽, 자신의 책상 서랍을 열어 거기에 티노를 넣었다. 열린 서랍 밖으로 티노의 작고 뾰족한 귀와 금색과 갈색이 섞인 털로 덮인 이마, 두려움 가득한 검은 눈동자가 보였다. 아무도 수업에 집중하지 않고 그 서랍만 보고 있으니 여자 선생님은 늘 들고 다니는 지휘봉 같은 나무 막대로 앞자리에 앉은 아이의 책상을 세게 내리쳤다. 우리는 수업에 집중하려다가도 낑, 하고 티노가 우는 소리가 들리면 다시 서랍으로 시선을 돌렸다. 여자 선생님은 I MY ME MINE YOU YOUR YOU YOURS를 판서하다 홱 뒤돌아 우리를 봤다. 우리는 급히 서랍에서 칠판으로 시선을 옮겼지만 선생님의 속도가 더 빨랐다. 여자 선생님은 나무 막대 끝으로 천천히 티노가 있는 서랍을 닫았다. 이제 티노는 보이지 않고 소리로만 존재했다. 그러자 내 마음 안에 I MY ME MINE이 들어올 자리는 한 군데도 생기지 않았다. 온통 티노의 소리, 티노의 냄새, 티노의 눈동자 같은 걸로만 가득 찼다.

학원비가 밀리면 학원을 다니지 못하게 될까 봐, 그래서 티노를 보지 못하게 될까 봐 나는 학원비를 내는 날 며칠 전부터 아빠에게 전화를 걸었다. 이번에 올 때 꼭 돈을 주고 가야 해. 아빠는 그러겠다고 말했지만 매번 현금 챙겨오는 것을 잊었다. 학원비가 두 달이나 밀렸을 때는 아직 여자 선생님이 나를 원장실로 데려가 문을 잠그지 않았는데도 수업을 듣는 내내 초조했다. 날이 포근한데도 불안에 시달려 식은땀을 흘리기까지 했다. 여자 선생님이 내게 어려운 문제를 내면 학원비를 내지 않았기 때문에 나를 괴롭히는 것이라 생각했다. 영단어 받아쓰기를 세 개 틀린 날에는 여자 선생님이 다른 아이들보다 나를 더 세게 때릴 거라고 확신했다. 빨간 줄이 생긴 손바닥을 아래로 하고 주먹을 쥐면 손바닥에 심장이 있는 것처럼 쿵쿵 뛰었다.

　티노는 계절이 바뀌는 동안 많이 자라 앞발을 서랍 바깥으로 내밀고 호기심이 사라진 눈으로 우리를 둘러보기만 했다. 가끔 혀를 내밀고 헥헥거리며 웃기도 했지만 그런 날은 점점 줄어들었다. 강아지는 주인은 닮는 것인지 처음 학원에 등장했을 때의 귀여움은 사라지고 세상을 너무 알아서 지루해져버린 강아지처럼 보였다. 작고 늙은 신령 같았다.

　여전히 아이들은 티노에게 인사를 했고 티노의 이마를 두 손가락으로 쓸어내렸지만 더 이상 작게 소곤거리거나 다칠까 봐 부드럽게 만지지는 않았다. 생리 중인 티노가 본인의 자리인 원장실 소파 옆 분홍색 쿠션에서 몸을 일으켜 복도로 향했을 때, 그 쿠션에 작은 핏자국이 묻은 걸 보았을 때, 아이들은 기겁하며 웃었다. 티노는 복도 구석에 웅크려 앉아 귀를 부들부들 떨었다.

진짜와 가짜

    여름에는 깨진 무르팍 위로 검게 굳은 피딱지를 뜯어내며, 겨울에는 눈사람을 만드느라 빨갛게 언 손이 간질간질 녹아가는 것을 느끼며, 오금이 저릿저릿 아파 잠에서 깨며, 내가 자라고 있다는 것을 전혀 실감하지 못하며 성장했다.
    5학년이 되자 어떤 여자아이들은 브래지어를 입기 시작했다. 어떤 아이는 키가 160센티미터를 훌쩍 넘기기도 했다. 키가 작고 스포츠머리를 한 남자아이, 앞머리에 노랗게 브릿지 염색을 한 남자아이. 어떤 남자아이는 여자아이의 등에 손을 뻗어 브래지어를 세게 잡아당겼다. 여자아이는 꽥 소리를 질렀고 남자아이는 여자아이의 꽥 소리를 흉내

내며 제자리로 달려갔다. 어떤 여자아이는 양팔에 얼굴을 묻고 울었다. 어떤 여자아이는 신고 있던 실내화를 벗어 남자아이의 뒤통수에 던졌다. 어떤 남자아이는 온종일 성에 관한 지저분한 농담을 했고 어떤 남자아이는 쉬는 시간마다 교실 뒤편에서 축구공을 통통 튀겼다. 어떤 여자아이는 쉬는 시간에 가장 친한 여자 친구에게 귓속말하더니 책가방에서 작은 천 주머니를 챙겨 친구의 손을 잡고 함께 화장실로 갔다. 헐 쟤 생리한대요. 그것이 일종의 농담이라는 듯 남자아이가 놀리면 거의 울 듯한 표정이 되어 친구의 손을 더 꽉 잡았다. 걸음을 빨리해 화장실로 갔다.

한 아이는 왕따를 당했고, 다른 아이들도 왕따를 당했다.
그건 일종의 유행이었다. 아이들의 통과의례였다. 물론 어떤 아이들은 절대 왕따를 당하지 않는다.
그때는 '진짜' 왕따와 '가짜' 왕따가 있었다. 진짜 왕따는 학교를 다니는 내내 전교생 모두의 왕따였고, 가짜 왕따는 친구들 무리에게서 한시적으로 왕따를 당했다. 주기로 따지자면 두 달 남짓이었다.
한 아이는 부모가 늙어서—아마 오십대 중반이었을 것이다. 학부모 참관식 때 온 부모 중 머리가 희게 센 엄마는 단 한 명뿐이었다—엄마, 아빠가 아니라 할머니, 할아버지와 산다며 왕따를 당했다.

 한 아이는 언제나 비싼 볼펜을 쓰면서 집이 잘산다는 것을 은근히, 그러나 티 나게 드러내고 다녔는데 거짓말이 들통나는 바람에—걔네 집 새로 지은 아파트라더니, 하루에 수건을 세 장씩 써도 안 혼난다더니, 집에 가사도우미가 따로 있다더니. 거짓말도 정도껏 해야지. 야, 걔네 집 곧 무너질 것 같더라? 그런 집에서도 도우미를 써?—왕따를 당했다.

 나의 경우, 엄마가 없다는 이유로 왕따를 당했다. 여름 끝 무렵이었다.

 필통에 가득히 담아두었던 색색의 젤펜과 샤프펜슬이 하나씩 사라졌다. 어느 날에는 화장실 변기에 내가 아끼던 펜 한 자루가 처박혀 있는 것을 보았다. 나는 그걸 꺼내지 않고 다른 칸에 가서 오줌을 누었다. 나는 내가 엄마가 없다는 사실과 아이들이 내 물건을 훔치고 버리는 것의 연관성을 전혀 찾을 수 없었다.

 왕따를 도모한 무리는 학원을 같이 다니는 아이들이었다. 함께 사탕을 녹여 먹고 붕어빵을 갈라 나눠 먹던 아이들. 머리가 더 맛있는지 꼬리가 더 맛있는지로 내내 수다를 떨었던 아이들. 학원을 함께 다니는 네 명 중 두 명이 나와 같은 반이었다. 점심시간이 되면 아이들은 나를 제외하고 복도에서 수상쩍은 모임이라도 하듯이 모여서는 함께 급식실로 갔다. 하교 시간이 되면 서로를 한 명이라도 놓칠까 봐 복도에서 다른 반 아이들을 기다렸다. 아이들은 구름처럼 모여 걸었다. 그러면서도 뒤돌아 나를 힐끗 보는 것을 빼먹지 않았다. 나는 울적해야만 했다. 왕따의 자리에 알맞게 있어야 했다. 그래서 그렇게 했다. 조용하고 고독하게 이 시간이 지나가기만을 바랐다. 펜은 잃어버린 셈 칠 수 있었지만 원래 그것에 큰 애정이 없었다는 듯이 굴기까지 하면 안 됐다. 소중한 것을 잃은 사람답게 약간의 상실감에 젖어 있어야 아이들은 만족해했다. 크게 어려운 일은 아니었다. 나는 평소와 다름없이—혼자 앉아 아무 소리 내지 않으며—학원 수업을 마치고 집으로 돌아와 말없이—정말이지, 평소와 다름없었다—할머니, 할아버지와 저녁을 먹고 양치하고 학원 숙제를 하다가 자기 위해 할머니 옆에 누웠다.

  씨발년들이 진짜.

  어떤 밤에는 마음이 들끓었다. 한 명, 단 한 명이라도 대단히 패버리고 싶었다. 하지만 아이들의 따돌림이란 꽤 교묘해서 실제로 싸울 거리는 생기지 않았다. 이걸 지나가지 못하면 진짜 왕따가 될 수도 있어. 나는 진짜 왕따의 수모를 알고 있었다. 그 아이는 매일 혼자 급식을 먹고 체육 시간에 피구 시합이 벌어지면 제일 먼저 공을 맞았다. 누구도 그 아이에게 먼저 짝을 하자고 말하지 않았다. 그 아이가 교실에 들어오면 은근하게 공기가 바뀌었다. 나는 학교와 학원에서 수업을 들으면서도 나를 따돌리는 아이들을 향해 귀가 기울어져 있었다. 나의 시기가 지나가고 있는지 파악하기 위해. 오래된 라디오의 주파수를 맞추듯이, 섬세하게.

그러니까 진짜 왕따는 한 명.

그 아이는 악성 곱슬머리인 데다 단발이라 언제나 버섯의 갓처럼 머리칼이 부풀어 있었고 포자가 떨어지듯 어깨에 비듬이 내려앉아 있었다. 틱장애가 있어 가끔 아저씨들의 재채기 같은 소리를 내었고, 입이 잘 다물어지지 않아 침을 흘리곤 했다. 정확히 어느 날이었는지는 모르겠다. 나는 하교 시간에 운동장의 구름판 옆 땡볕에서 그 아이와 함께 시간을 보낸 적 있었다. 그 아이는 쪼그려 앉아 나뭇가지로 바닥에 누군가의 얼굴을 그리고 있었는데 그림의 턱 쪽에 그 아이가 흘린 침으로 작고 맑은 웅덩이가 생긴 것을 보았다. 그 아이는 고개를 돌려 나를 올려보지 않았고 나도 그 아이에게 말을 걸지 않았다. 나의 그림자가 분명히 그 아이의 그림 옆에 있었는데도 우리는 서로를 모른 척했다. 나는 아마 누군가를 기다렸을 것이다. 그 아이도 누군가를 기다리고 있었을까?

 아이들은 금세 내게서 흥미를 잃었다. 더 이상의 자극을 찾지 못했다. 자극은 그 옆에서 나를 함께 따돌리던 다른 아이에게서 찾았다. 그 아이가 왕따를 당한 것은 어쩌면 옷이 조금 낡았다는 이유일 수도, 무리에서 가장 수학을 잘했기 때문일 수도 있었다. 무엇이든 이유가 될 수 있었으므로 나는 다시 무리에 섞였다. 아이들과 나는 다시 '우리'가 되었다. 하굣길에 우리는 분식을 파는 트럭에서 오징어튀김과 떡꼬치를 사 먹었다. 뜨겁고 짭짤한 어묵 국물을 종이컵에 가득 따랐다. 가을의 한복판이었다. 우리는 다시 학원 수업이 시작되기 전까지 학원에서 가져온 분필로 버려진 롤러스케이트장 바닥에 선을 그어 아가방 놀이—그걸 사방치기라고 부른다는 것을 나는 아주 나중에야 알았다. 그런데 왜 아가방이었을까? 아가가 자는 방을 피해 깨금발로 뛰어가는 언니들의 놀이였던 걸까?—를 했다. 우리 어릴 때 이거 진짜 많이 했는데, 그치? 우리는 아직 어린이면서도 더 어린이였던 시절을 추억하며 한 발로 콩콩 뛰었다. 누군가 집에서 실 한 타래를 가져오면 그걸 잘라내고 매듭지어 실뜨기를 했다. 실뜨기는 혼자 할 수 없는 놀이. 나는 서로의 손안에서 계속해서 변모하는 실을 보는 것을 좋아했고 매번 가장 어렵고 누구도 따라 할 수 없는 모양으로 실의 형태를 바꾸고 싶었지만 그건 불가능했다. 실은 완전히 풀어지거나 이미 누군가 만들었던 모양으로 되돌아갈 뿐이었다.

겨울은 쉽게 왔다.

우리는 아가방 놀이를 할 만큼 했다. 실뜨기를 할 만큼 했다. 무궁화꽃도 피울 만큼 피웠다. 도둑잡기 놀이를 할 때마다 경찰과 도둑의 역할을 번갈아 하느라 경찰의 정체성도, 도둑의 정체성도 잃어버렸다. 그런 것들이 다 지루해진 날, 한 아이가 먼저 가위바위보를 제안했다. 그즈음엔 왕따도 시시해져 누구도 따돌리지 않고 함께 학원 수업 시간을 기다렸다.

이긴 사람이 진 사람의 뺨을 때리는 거야. 장난으로 하지 말고 진짜로.

우리는 누군가에게 뺨을 맞아본 적 없었고 드라마나 영

화에서만 보던 것을 한 번쯤 경험해보고 싶었다. 둘씩 짝지어 가위바위보를 했다. 다섯인 우리 중 한 사람은 자신의 순서를 기다려야 했다. 나는 기다렸고 나는 졌고 나는 이겼다.

나는 힘껏 맞았고 힘껏 때렸다. 기회는 단 한 번뿐이니까.

학원에 들어갈 시간이 되었다. 우리는 정신까지 얻어맞은 듯 얼얼한 상태로, 화가 나기도 하지만 웃기기도 한 상태로, 이렇게 우리만의 비밀이 또 하나 생겼다는 자부를 안고 자리에 앉았다. 수업하러 들어온 여자 선생님은 뺨이 붉게 부어 있는 우리의 얼굴을 보고는 바깥이 그렇게 춥냐고 물었다. 우리는 키득거렸다. 성견이 된 티노는 한겨울 고구마를 먹고 살이 쪄선 여자 선생님의 책상 아래 깔아둔 방석에 반죽처럼 누워 있었다. 흰자가 많이 드러나는 눈을 굴리다가 금세 잠에 빠져들었다. 뜨겁게 부어오른 우리의 뺨은 쉽게 가라앉지 않았다.

아이들은 서로 왕따를 시켰다는 사실을 잊었다. 서로를 배제하고 비웃었다는 사실은 지워졌다. 아이들은 이제 따돌림이 나쁘다는 것을 아는 성숙한 어린이인 것처럼 굴었고 진짜 왕따인 그 아이를 따돌리는 아이들을 흉보기 시작했다. 애들이 정말 못됐어. 정말 나빴어. 그 애가 너무 불쌍해. 평생 그렇게 살 거 아냐. 근데 걔랑 같이 놀지는 못하겠더라. 걔 집도 가난하지? 학원도 못 다니지? 걔 냄새도 좀 나잖아.

다시 왕따가 될 수는 없었다. 통과의례는 한 번이면 됐다. 나는 다문 입에 힘을 줬다. 작고 맑은 침 웅덩이와 그 아이가 정성스럽게 그리던 그림을 머릿속에서 지웠다. 나는 아이들과 함께 걸었다.

눈물점

—커피 사 갈까?

경은에게 메시지를 보냈더니 '응응 그냥 싼 걸로 아아'라고 답이 왔다.

여전히 경은은 한겨울에도 아이스 아메리카노를 마시는구나. 그것은 취향이니 그렇다 치더라도 그냥 싼 커피를 사고 싶진 않아서 경은의 미용실이 있는 동네 주변의 카페들을 지도 앱에서 검색했다. 마땅치 않아 보이는 카페 중 한 군데가 로스팅도 직접 하고 융 필터 핸드드립 메뉴도 있어 거기서 커피를 사 가기로 마음먹었다. 집에서 그 카페까지는 버스로 15분이면 갔지만 배차 간격이 길고 정류장까지

가는 데만 해도 10분을 넘게 걸어야 해서 그냥 걸어가기로 했다. 도보로는 50분 정도 걸린다고 나왔다. 날이 흐렸지만 바람이 불지는 않아서 걸을 만했다.

 아침도 점심도 미역국을 먹었다. 오늘은 미역국이 미역국다운 맛을 내긴 했지만 금세 질려버렸다. 뭔가가 제대로 된 순간에는 왜 꼭 질려버리고 마는지. 미역국만 그런 것은 아닐 것이다. 6시까지는 집에 들어가야 했다. 할머니와 남은 미역국을 모조리 먹고 함께 일일드라마를 봐야 했다. 아, 주말에는 일일드라마를 하지 않나? 그렇다면 주말드라마를 봐야 할 것이다. 언제나 드라마는 방영되고 할머니는 그것을 보니까.

 요 며칠 나는 어리둥절한 채로 할머니 옆에 앉아 일일드라마를 봤다. 그러니까 저 사람의 자식이 몇 명인지도 모르겠고 쟤가 쟤의 아들이라는 건 그래도 알겠는데 도대체 왜 남의 집에 기어들어가 정체를 숨기는지 알 수 없었다. 엄마를 가둬버렸구만. 숨겨버렸구만. 할머니가 작게 놀라며 말했다. 도대체 누가 엄마를 가둔 것인지 왜 숨긴 것인지 저 아들은 왜 엄마가 아니라 무슨 서류를 찾고 있는 것인지 할머니와 나는 아무것도 모르는 채로, 30분 동안 한 명의 정체라도 알고 싶어서 한 사람이라도 제대로 파악하고 싶어서 드라마에 열중했다. 과자 좀 가지고 와라. 안 돼. 그럼 과일 좀 꺼내와봐라. 안 돼, 할머니. 저녁 다 먹었잖아. 일일드라마를 보면서 할머니와 나는 입씨름을 했다. 그럼 내가 가지고 오지. 할머니는 끙 소리를 내며 자리에서 일어나 부엌으로 가선 누군가 선물 세트로 주고 간 한과나 귤 같은 것을 기어코 들고 왔다. 너도 먹어라. 안 먹어. 왜 안 먹냐. 나 양치했어. 먹고 또 해라. 안 먹는다니까 그러네. 일일드라마 하나가 끝나면 다른 채널에서 다른 일일드라마를 했다. 메뚜기 뛰어가듯 다른 채널로 옮겼다. 마지막 일일드라마가 끝나면 밤 9시가 넘었다. 나는 잘란다. 할머니가 안방으로 들어가면 나는 소리를 거의 죽여둔 채 채널을 괜히 200번대까지 돌려보다가 결국은 아무 채널이나 틀어놓고 멍하니 보며 다른 생각을 했다. 예를 들면, 내가 초등학생일 때 가장 아끼고 사랑했던 강아지 인형은 어디로 갔을까. 언제 버려졌을까. 누가 버렸을까. 설마 내가 버린 걸까. 내가 어느 시기를 그렇게 졸업해버린 걸까. 나는 카페를 향해 걸으면서도 그 생각을 했다. 그때 내가 좋아했던 색색의 젤펜과 샤프펜슬은 또 어디로 사라진 걸까. 그것 또한 내가 버린 것일까. 어쩌면 집에 있을지도 몰라. 돌아가면 그것들을 찾아봐야지.

카페에 도착했을 때는 볼이 얼얼했다. 춥지 않다고 하더라도 겨울은 겨울이었다. 사장으로 보이는 중년의 남자는 턱수염을 기르고 헌팅캡을 쓴 데다 테가 나무인 안경까지 쓰고 있어 누가 뭐래도 커피 장인처럼 보였다. 그래서인가, 커피가 한 잔에 칠천오백 원이나 했지만 나는 기꺼이 계산했다. 내 것은 케냐AA 원두로 내린 따뜻한 커피, 경은의 것은 과테말라 안티구아 원두로 내린 차가운 커피. 커피 장인이 물이 끓어오르기를 기다리며 원두의 그램 수를 재고 그것을 곱게 가는 동안 나는 작은 테이블에 앉아 카페에서 나오는 음악을 들었다. 클래식 음악이었는데 가만히 듣기만 해도 비애에 젖는 듯한 느낌이 들었다. 내게 없었다고 생각했던 게 내 안에 이미 있었던 것처럼 그랬다. 어느 밤에 문득 눈이 깊어지고 싶을 때 들으면 좋겠다 싶어서 앱을 통해 음악을 찾아보았다. 라벨의 피아노 협주곡 사장조 2악장이라고 나왔다. 스크린샷을 저장했다. 이렇게 저장해놓고 잊은 스크린샷이 얼마나 많을까, 그런 생각을 하던 중에 커피는 완성되었다.

  커피를 받기 전에 지도 앱으로 경은의 미용실로 가는 길을 숙지해두었다. 은행 하나를 지나 우측으로 꺾고 편의점이 나오면 우측으로 한 번 더 꺾으면 됐다. 10분 정도 걸린다고 나왔다.

어쩌죠? 캐리어가 다 떨어졌는데.

커피 장인이 난감해했다. 나는 괜찮다고 하고 차가운 커피는 왼손으로, 따뜻한 커피는 오른손으로 쥐었다. 손이 무척 시릴 텐데요. 커피 장인이 카페의 문을 열어주었다. 나는 감사하다고 말하고 의젓하게 걷기 시작했다. 왼손은 시리고 오른손은 따뜻했다.

한 번씩 바꿔서 들면 좋았겠지만 길바닥에 커피를 내려놓기도 뭐하고 길을 지나는 누군가에게 부탁하기는 더더욱 뭐해서 나는 그대로 걸었다. 왼손은 시리고 오른손은 따뜻한 채로 걷는 수밖에. 왼 손가락의 관절이 얼어붙는 것 같고 오른 손가락은 말랑말랑 녹아갔지만 꿋꿋하게. 나는 그 상태로 경은의 미용실, 테테헤어샵에 도착했다. 도착은 했지만 어깨로 밀어서는 문이 열리지 않았고 빈손이 없어 문을 당겨 열 수도 없었다. 안에서 드라이어를 쥐고 손님의 머리를 말리려던 경은이 문밖의 나를 발견하고는 빠르게 걸어와 문을 열어주었다.

도대체 너는 왜 그러고 다니는 거야?

오랜만에 만났는데 벌써 혼나기 시작했다.

경은이 내게 앉아서 조금만 기다리라고 했다. 그래서 미용실 안쪽의 소파에 앉아 앞 손님의 머리가 끝나길 기다리며 이미 다 식어 미지근한 커피를 마셨다. 8평 남짓한 공간에 경대는 두 개뿐이었다. 희게 페인트칠한 벽에 점점이 얼룩이 묻어 있는 것을 보았다. 경은의 앞치마에는 색색의 핀들이 꽂혀 있었다. 파마약 냄새 탓에 코가 찌릿찌릿했다.

원장님 친구인가 봐요.

앉은 자리에서 거울을 통해 나를 힐끗 본 중년의 여자가 말했다.

네, 제 중학교 친구. 여기 연 지 2년이나 됐는데 오늘 처음 온 거예요. 서울 살아서.

어머 그래도 너무했다.

여자가 장난스레 콧잔등을 찌푸렸다. 경은이 쿡쿡 웃으며 그렇죠, 좀 너무하죠, 저 친구, 맞장구쳤다. 자 그리고요, 손님 머리 같은 경우에는 말리실 때 이렇게 뒤에서 앞으로, 응? 뒤에서 앞으로 이렇게 말려야 볼륨이 좀 살거든요? 하며 경은이 여자의 머리를 손으로 쓸어올렸다. 그리고 샴푸하실 때 제품까지 바르면 좋긴 한데 일 끝나고 밤에 다 하시기 힘드니까, 그냥 에센스만. 그 정도라도 해주면 좋아요. 처음 내가 미용실에 들어올 때까지만 해도 비에 젖은 코커스패니얼 같았던 여자의 머리가 구불구불 한결 부드러워 보였다.

요새 좀 살 만한가 봐?
응?
얼굴에 살이 좀 붙은 것 같아서.
경은이 내게 커트보를 두르고 목이 답답하지 않게 약간 느슨히 고정했다.
너무 살 만해서 머리는 신경도 안 썼나 봐? 미용실 안 간 지 얼마나 됐니. 당장 불어라.
마지막으로 머리 자른 게 언제인지 정말로 기억나지 않았다. 내내 묶고만 지냈던 머리를 풀고 거울을 보니 자연인이 따로 없었다. 가슴 위로 머리칼이 삐죽빼죽했다.
어떻게 할래? 뭐 하고 싶은 거 있어?
나는 고개를 좌우로 흔들었다.
단발해, 단발. 그게 제일 잘 어울려.
경은은 내가 가져온 커피를 빨대로 쪽 빨아서 절반을 단번에 마셨다. 와 커피 맛있네. 뭐야. 비싼 거지, 이거. 그렇게 말하면서 머리를 순식간에 잘라냈다. 거울 속에 똑단발을 한 내가 있었다. 내가 나를 보는 게 힘들어서 거울을 통해 경은을 봤다. 긴 갈색 머리를 머리집게로 틀어 올려 고정한 경은. 연한 쌍꺼풀과 작은 버섯처럼 귀엽고 앙증맞은 코, 틴트를 발라 붉은 입술. 오른쪽 눈 아래 눈물점이 있는 경은. 눈물점이 있으면 팔자가 사납다던데. 경은은 어릴 때 그런 말을 하곤 했다. 허리 부분을 말아 올려 교복 치마를 짧게 만들면서도 다리가 굵어야 오래 산다던데 나는 단명할 듯, 말하던 경은. 아 진짜 팔다리는 그대로인데 배만 나와. 술배인가? 생맥주를 벌컥벌컥 마시며 그런 이야기를 하던 언젠가의 경은. 몇 년 만에 봤는데도 변한 게 없어 보였다.

나만 늙었나.

엥, 뭐 늙기까지야.

경은은 내 머리카락에서 시선을 떼지 않으면서 말했다. 늙었다기보다는 자연스럽게 노화 중? 그렇게 말하더니 혼자 푸스스 웃었다. 아 그런데 솔직히 우리 젊잖아. 삼십대는 깐난이라고 했어, 우리 미용실 다니는 할머니들이.

그런데 고모가 어딜 가셨다고?

응, 고모가 집을 나갔는데 말이야.

가출을 하셨다고?

아니…… 스노보드를 타러 간다고 했어.

스노보드를 타러 가셨다고?

그러니까 말이야. 스노보드라는 게 참…….

참…… 그렇네. 스노보드라니.

그러고 우리는 한동안 말이 없었다. 나는 고모와 스노보드를 생각하느라 말이 없었는데 경은도 나의 고모와 스노보드를 생각하고 있었을까? 경은은 고모를 한두 번밖에 보지 못했는데. 그것도 아주 오래전이었다.

샴푸 할래?

아니. 힘드니까.

네가 힘들긴 뭐가 힘들어. 내가 힘들지.

아, 그러니까 네가 힘드니까.

그래. 하지 말자.

경은은 중년 여자 손님에게 한 것처럼 내 머리칼을 뒤에서 앞으로 쓸어올리며 드라이어로 말리고 마무리로 헤어에센스를 발라주었다. 경은이 거울을 통해 나를 보며 고개를 끄덕였다. 어우 속이 다 시원해. 내 속이 아주 시원해졌어. 추임새를 빼먹지 않았다. 거울을 보니 머리가 꽤 단정해졌고, 조금 어려 보이기까지 했다. 약간 세련된 것 같기도 하고. 목도리를 안 하고 나와서 목이 좀 시리겠다 싶었다. 한 달까지는 바라지도 않아. 두 달에 한 번은 미용실에 가주세요, 제발. 경은이 나의 옆머리를 귀에 꽂아주며 말했다.

머리값은 나중에 식사로 대체해주시면 되겠습니다.

일부러 현금을 들고 왔는데 경은은 받지 않았다. 내가 뭐 너한테 돈 받으려고 오라고 했겠니. 경은이 카운터의 노트북으로 예약 일정을 한번 보더니 고개를 절레절레 저었다. 나중엔 평일에 와주시면 감사하겠습니다. 제가 오늘 너무 바쁘거든요.

경은이 쉬는 월요일에 우리는 다시 만나기로 했다. 진짜 맛있는 데가 있거든? 서울에선 구경도 못 할 맛이라고 할 수 있지. 다음 손님이 오기 전까지 우리는 소파에 앉아 잠시 커피를 마시며 이야기를 나눴다. 그러면 언제까지 광주에 있느냐고 물어서 고모가 돌아올 때까지,라고 답하자 경은이 고모가 영원히 안 돌아오시는 거 아냐? 말하고는 웃었다. 그러다 웃음을 그쳤다. 설마……. 고모가 영원히 돌아오지 않는 사람이었으면 좋겠다고 생각하는 동시에 고모는 꼭 돌아와야 한다고 생각했다.

라면

 아침부터 강진에서 광주까지 온 아저씨는 나를 보며 아이고 네가 나진이구나, 했다. 아빠의 또래로 보였지만 생김새는 전혀 달랐다. 풍채가 있었고 눈썹의 모양이나 눈꼬리, 활짝 찢어지는 입 모양 같은 게 호방해 보였다.
 몇 학년이냐?
 곧 6학년이 돼요.
 다 컸네. 아가씨네. 할아버지 할머니가 집에 안 계셔도 얌전히 있어야 한다.
 외종 당숙인 그 아저씨는 집에 들어온 지 얼마 안 되어 할머니와 할아버지를 모시고 다시 강진으로 갔다. 이모할머니네가 집을 지어 이사했으니 하루 동안 맛있는 거 드시고 새집에서 편히 주무시고 강진도 둘러보시고 재밌게 노시라고.

그동안 고모는 방에서 한 번도 나오지 않았다. 고모는 전날 밤늦게 집에 들어왔다. 나는 할머니 곁에서 자다가 현관문이 열리는 소리에 깼다. 오줌이 마렵고 목도 말라서 이불을 조심히 끌어내리고 일어났다. 방문을 열고 나가니 화장실 불만 켜두어 어두운 거실에 가만히 서 있는 고모가 보였다.

가서 자.

고모에게서 술 냄새가 훅 끼쳐왔다. 나는 화장실에 가려다 부엌으로 들어가서 조용히 물을 마셨다. 거실에 웅크리고 앉아 고모가 화장실에서 나오기를 기다렸다. 고모는 이를 닦다 말고 헛구역질을 하는 것 같았고, 화장을 지우다가 칫솔인지 폼클렌징인지 여하튼 무언가를 바닥에 떨어뜨린 것 같았다. 후우우, 길게 한숨을 쉬는 소리가 들리기도 했다.

고모는 한참 뒤에야 화장실에서 나왔다. 나는 고모가 자신의 방으로 들어가는 것을 보고 화장실로 들어가 오래 오줌을 누었다. 화장실에서 나와 불을 끄니 온통 어둠뿐이었다. 고모는 원래부터 집에 없었던 것처럼 적막했다.

할머니가 전날 밤에 고모와 내가 이틀간 먹을 카레를 만들어두어 나는 아침에 눈뜨자마자 카레를 먹었다. 점심때가 지났는데도 집 안에는 카레 냄새가 진동했다. 슬슬 배가 고팠는데 고모는 배도 고프지 않나? 나는 무엇을 해야 할지 모르는 상태로 거실에 대자로 드러누웠다가 다시 몸을 모로 누이며, 그러니까 무언가 초조한 사람처럼 안절부절못하며 고모가 일어나기를 기다렸다.

고모는 오후 2시쯤에야 일어났다. 목둘레가 늘어난 티셔츠와 무릎이 나올 대로 나온 트레이닝복 하의 차림으로 방에서 나온 고모가 긴 머리칼을 상투처럼 틀어 올렸다. 눈 아래 그림자가 짙고 볼이 살짝 꺼진 게 어제의 과음을 보여줬다. 부엌에서 물 한 컵을 마시고 나온 고모는 거실 바닥에 어정쩡하게 반가부좌를 틀고 앉은 나를 흘끗 보더니 소파에 모로 누워 리모컨으로 텔레비전을 켰.

너 학원 안 가?

고모의 목소리는 평소보다 더 낮고 갈라져 있었다. 나는 허리를 틀어 고모를 봤다. 학원도 겨울방학이야. 고모가 나를 내려다봤다.

너는 좋겠다. 학교도 방학이고 학원도 방학이고.

좋겠네······. 한숨처럼 말끝을 퍼뜨린 고모는 리모컨 버튼을 빠르게 눌러 채널을 돌렸다. 뉴스 앵커 다음에 중국 드라마 다음에 춤추는 가수 다음에 쇼호스트가 빠르게 지나갔다. 고모는 전원을 끄고 소파에서 몸을 일으켰다. 앉은 채로 잠시 있더니 다시 부엌으로 갔다. 무언가를 꺼내는 듯 우당탕 소리가 났고 곧이어 고모가 부엌의 중문을 열고 내게 물었다.

너도 라면 먹을래?

할머니가 카레 해뒀는데.

그럼 넌 카레 먹든가.

사실 나도 카레를 먹고 싶지 않았다. 아침에 먹은 걸 점심에도 먹고 저녁에 또 먹어야 한다니. 이미 지난밤 냄새만으로 질려버린 음식이었다. 나도 라면을 먹겠다고 했다. 그럼 두 개 끓인다. 그러곤 고모는 중문을 닫았다. 중문을 닫아도 매운 냄새가 거실까지 퍼져 재채기가 나왔다.

이제까지 내게 라면을 끓여준 사람은 엄마와 아빠 둘뿐이었다. 아빠는 라면을 끓일 때 찬물에 건더기 스프와 분말 스프를 몽땅 넣은 다음 물이 끓어오르면 면을 한 번 쪼갠 뒤에 코펠 냄비에 넣었다. 그러곤 다 익을 때까지 절대 젓가락으로 젓지 않았다. 그래야 면발이 쫄깃쫄깃하고 맛있다고 했던가. 여덟 살 때였을 것이다. 낚시를 하러 갈 때 나를 데려가서는 설익은 라면을 먹였었다.

엄마는 라면 국물에 달걀을 풀어 넣었다. 면도 짧게 잘라주었다. 순하게 먹이려고 미지근한 보리차에 면을 담가 매운 기를 빼서 내 입에 넣어주었다. 국물은 아주 조금만 밥에 비벼서 먹였다. 나는 새끼 새처럼 그것을 받아먹었다. 그때 나는 어렸으니까. 엄마에게 나는 언제나 아기였으니까.

고모가 끓인 라면은 보기만 해도 매웠다. 식탁에 냄비째 올린 라면 위로 김이 대단히 솟아올랐다. 면을 뒤적여보니 잘린 청양고추 조각들이 젓가락에 걸렸다. 달걀은 풀어지다 만 것인지 외계 생명체처럼 모양이 괴상했다. 고모가 먼저 젓가락으로 면을 건져 냄비 뚜껑을 앞접시 삼아 먹었다. 나는 밥그릇에 면을 조금 덜고 후후 식혔다. 고모는 뜨겁지도 않은지 아직도 김이 나는 면을 한입 가득 넣고 묵은지 한 조각도 입에 넣었다. 다섯 번도 씹지 않고 면을 삼켰다. 스무 번은 씹어야 한다고 했는데. 나는 두 가닥을 겨우 입에 넣고 씹었는데도 매워서 도중에 물을 마셔야 했다. 그런 나는 보이지도 않는지 고모는 라면이 담긴 냄비와 묵은지가 담긴 유리 반찬통만 번갈아봤다. 고모의 이마에 땀이 배어났다. 나는 도저히 이대로는 먹을 수 없어서 내 밥그릇에 물을 따라 면을 담가 먹었다. 그제야 고모가 나를 슬쩍 봤다. 애는 애네.

그럼 내가 애지, 어른인가?라는 생각을 하면서도 애라니, 애라는 말은 듣고 싶지 않다는 생각 또한 했다. 어째서 누군가가 나를 애라고 지칭하면 멸시받는 기분이 드는지 알 수 없었다.

나는 고모가 먹는 속도를 따라갈 수 없었다. 고모는 이 집의 누구보다 식사 속도가 빨랐다. 이미 제 몫을 다 먹은 고모는 오물오물 면을 씹는 나를 멍하니 바라보았다. 만족에서 오는 나른함이 아닌, 의욕이랄까 열정이랄까 그런 게 완전히 사라지고 껍데기만 남은 사람처럼 멍하게. 고모의 시선은 나를 향해 있었지만 정확히 나를 보고 있는 것 같지 않았다. 나는 그 알 수 없는 시선을 받으며 라면을 먹다가 사레가 들렸다.

고모는 냄비와 젓가락을 개수대에 넣어두고 다시 소파에 누웠다. 나는 선택해야 했다. 내 방으로 가서 나오지 않기. 거실의 고모 곁에 있기. 저녁은 또 함께 먹어야 하는가? 저녁에는 카레를? 고모와 둘이서만 하루를 보내는 것은 처음이라 어떻게 해야 할지 알 수 없었다. 그럴 땐 마음이 가는 대로. 나의 마음이 향한 곳은 거실이었다. 노트와 영단어장과 필통을 내 방에서 가져와 연속극 재방송을 멍하니 보고 있는 고모의 왼쪽, 그러니까 베란다와 가까운 구석에 소반 하나를 펴고 앉았다. 필통에서 젤펜을 꺼내고, 영단어장과 노트를 펼치고 학원 방학 숙제인 영단어 깜지를 하기 시작했다. 나는 고모에게 보여주고 싶었다. 무엇을? 숙제를 잘하는 나를? 착실한 어린이인 나를?

깜지를 세 쪽이나 채우고 고개를 돌려 고모를 보았다. 고모는 모은 양손을 베개처럼 베고 소파에 모로 누워 잠들어 있었다. 코도 골지 않고 자세가 흐트러지지도 않았다. 고모는 기도하느라 지쳐서 그대로 잠들어버린 사람처럼 보였다. 뭔가 기운이 빠졌지만 그래도 깜지를 계속해나갔다. 잠든 고모가 깨어났을 때도 누구의 눈과는 상관없이 숙제에 열중한 나를 보여주고 싶었으니까. 하지만 그건 고모를 한참이나 흘깃거린 뒤의 일이다. 검고 숱이 적은 속눈썹과 왼쪽 볼에 작은 점과 건조한 겨울 탓에 튼 입술과 턱에 거뭇한 여드름 흉터. 어느새 풀어 헤친 머리카락은 머리와 어깨 사이에, 소파 팔걸이 위에 뻗쳐 있었다. 무릎을 살짝 굽힌 채 모은 두 발. 엄지발가락 옆으로 뼈가 도드라졌다. 왼쪽 엄지발톱은 검게 멍들어 있었다. 고모는 매일 구두를 신고 일을 하니까. 고모가 파는 구두가 얼마나 편한지 몸소 보여주었을 것이다. 이렇게 일하는데도 내내 발이 편할 수 있다는 걸 대단히 드러내야 했을 것이다. 물론 이런 생각은 곧 열세 살이 되는 내가 한 것은 아니다. 나는 아주 나중에야 당시 고모의 고단함을 어렴풋이 짐작해볼 수 있었다.

빛나는

고모의 남편이 될 사람은 차와 관련된 무슨 부품을 큰 회사에 납품하는 사업을 하고 있다고 했다. 부품을 납품하는 사업이라니. 분명 제대로 들었는데도 그게 무엇을 뜻하는지 알 수 없었다.

고모의 결혼식 2주 전, 셋째 숙모가 나를 데리고 아동복 할인 매장에 갔다. 천장이 높고 벽으로 구획되지 않은 거대한 매장 안에서 나는 조금 어지러웠지만 옷걸이에 걸린 아동복을 하나씩 살펴보는 숙모―딸 옷을 고르는 건 이렇게 재밌구나, 우리 성현이랑 성준이 옷 고르는 건 별로 재미가 없는데―의 뒤를 열심히 따라갔다. 내게 몇 벌의 옷을 입혀본 뒤에 숙모는 멜빵 원피스와 메리제인 구두, 감색 트렌치코트를 결제했다. 숙모와 나는 아동복 할인 매장을 나와 근처의 메밀국숫집에 들어갔다. 커다란 쇼핑백을 테이블 옆에 내려놓은 숙모는 다가온 직원에게 유부가 든 따뜻한 메밀국수와 만두 한 접시를 주문했다.

성준이는 화동 하기 싫다고 난리인데 어쩜 좋아.

숙모가 빙긋 웃으며 말했다. 그래도 해야지. 숙모의 아들, 그러니까 나의 사촌 동생 성준은 이제 여덟 살이었다. 자기는 이제 아기가 아니라면서 화동이 싫대. 나진이가 들으면 아주 코웃음 칠 일이지?

곧 메밀국수와 만두가 나왔다. 숙모는 앞접시에 제 몫의 메밀국수를 덜고 큰 그릇을 내 앞으로 밀어주었다. 더 많이 먹고 쑥쑥 크라고 했다. 나는 김가루가 뿌려진 국물을 숟가락으로 떠 후후 불었다. 국물을 마시니 아동복 할인 매장에서 날리는 옷 먼지 때문에 간지러웠던 목이 잠잠해졌다.

나진이는 엄마 안 보고 싶어?

나는 숙모의 말에 씹던 면을 그대로 삼키고 숙모의 얼굴을 보았다. 숙모가 내 속까지 바라보는 눈빛을 하고 있었다.

엄마는 나진이 엄청 많이 보고 싶어 하는데.

숙모가 지갑에서 쪽지 한 장을 꺼내어 내 물컵 옆에 두었다.

이거 엄마 번호니까, 나진이가 전화하고 싶을 때 전화해봐.
나는 밥이 입으로 들어가는지 코로 들어가는지 모르겠다는 관용어구를 이해할 수 없다. 밥이 코로 들어가면 고통스러울 테니까. 코로는 무엇도 씹을 수 없으니까. 메밀국수와 만두는 입으로만 들어갔고 분명히 나에게는 혀와 이가 있지만, 그래서 분명히 내가 음식을 씹었지만 어떤 맛도 제대로 느껴지지 않았다. 감각이 다 지워져버린 것처럼 그랬다.

결혼식 당일은 아침부터 혼이 쏙 빠질 뻔했다. 고모는 거의 밤을 새운 것처럼 보였다. 평소보다 표정이 더 어두웠다. 정장을 입은 아빠가 새벽부터 우리를 데리러 왔다. 이제 해가 뜨고 있었다. 조수석에는 역시 정장을 입은 할아버지가, 뒷좌석에는 할머니와 나와 고모가 앉았다. 할머니는 미리 맞춘 호박색 한복을 입고 있어 나는 치마폭에 반쯤 싸인 채로 졸았다. 결혼식장이 있는 함평까지 가는 동안 성격 급한 아빠가 핸들을 홱 꺾을 때면 할머니의 치맛자락에 시야가 가려졌다. 함평은 고모부가 될 사람이 태어났을 때부터 산 곳이자 신혼집을 마련한 곳이라 했다.
고모는 예식장에 도착하자마자 식장 한쪽에 마련된 미용실로 갔다. 고모가 머리와 화장을 받는 동안 나는 예식장

바깥에 있는 벤치에 앉아 꾸벅꾸벅 졸았다. 2주 사이에 날은 포근해졌다. 아빠가 녹차 티백을 따뜻한 물에 우려 내게 주었다. 그걸 다 마시고 예식장에 들어갔을 때 치마폭이 풍성한 웨딩드레스로 갈아입은 고모가 예식장 복도를 통해 나오는 모습을 보았다. 고모는 분명히 빛나고 있었다.

성준은 신랑과 신부가 나오기 전 입장 통로에 꽃잎을 뿌리다 울었다. 울면서도 끝까지 꽃잎을 뿌리며 걸었고 하객들은 그런 성준을 보며 탄식하며 웃었다. 저 귀엽고 안쓰러운 것을 어쩌면 좋냐는 듯이. 고모부가 될 사람은 이마가 좁고 체격이 건장했다. 긴장한 탓인지 아니면 원래 그런 것인지 약간 찢어진 눈이 매서워 보였다. 그는 입을 꾹 다물고 입장했다. 고모보다 일곱 살이 많다고 했다. 나는 예식 전에 그의 친구들이 그에게 "이 씨팔놈이 드디어 가는구나!"라고 말하는 걸 분명히 들었다. '드디어 간다'는 소리는 고모도 신부 대기실에서 내내 들었다. 고모를 둘러싼 일가친척 중 누군가는 이런 말을 하기도 했다. 그래. 평범하게 사는 게 제일 좋은 거야.

고모는 결혼식이 끝날 때까지 거의 말이 없었다. 나는 할머니, 할아버지와 아빠가 함께 미소 짓는 모습을 처음 보았다. 그들은 최선을 다해 어떤 역할을 수행했고 고모는 이

상황에 승복한 사람처럼 보였다.

    결혼식이 끝난 뒤 아빠는 할아버지와 할머니와 나를 차에 태우고 공원으로 향했다. 나비 축제가 한창이라고 했다. 결혼식장에서도 내내 졸았던 나는 혼곤한 상태로 차에서 내렸다. 대낮이었고 온갖 나무와 꽃이 많았고 사람도 그만큼 많았고 그 위로는 종잇조각 같은 나비들이 날아다니고 있었다. 눈이 부셨다. 할아버지와 할머니가 앞서 걸었고 아빠와 내가 그 뒤에서 걸었다. 길이 들지 않은 구두 탓에 뒤꿈치가 아파 나는 자주 멈춰 섰다. 그러면 아빠는 말없이 뒤돌아 나를 보았다. 나는 다시 걸었다. 아빠는 할머니와 할아버지를 큰 나무 앞에 서게 하고 디지털카메라로 사진을 여러 장 찍었다. 나도 할머니 할아버지 사이에 서서 사진을 찍혔다. 할아버지가 아빠에게서 카메라를 넘겨받아 아빠와 나를 찍었다. 독사진 하나 찍자. 아빠가 내게 말했다. 나는 싫다고 했다.

    하나 찍어야지.

    왜?

    사진이 있으면 좋지. 아빠한테 네 독사진이 하나도 없잖아.

    사진이 있으면 왜 좋은 건데?

기억할 수 있으니까 좋지.

그걸 기억해서 뭐 하려고?

추억은 다 좋은 거야. 토 달지 말고 얼른 저기 가서 서.

좋다고? 기억해서 뭐 하려고? 나중에 보고 흐뭇해하려고? 뿌듯해하려고? 마치 아빠가 잘 키워냈다는 듯이? 게다가 기억에서 추억으로 단어가 바뀌었잖아. 바보 아니야? 기억과 추억은 달라. 분명히 다르다고. 나는 아빠가 들고 있는 디지털카메라를 쏘아보며 생각했다. 추억은 기억보다 슬픈 구석이 있었다. 나는 이 순간을 기억하고 싶지도 추억하고 싶지도 않았다. 두툼한 트렌치코트 탓에 등이 땀으로 젖어갔다. 4월인데도 한낮에는 무척 더웠다. 사진을 다 찍고 나서는 아빠가 콜라 맛 슬러시 한 컵을 사주었다.

산책로로 조성된 길 양옆으로 나비의 생애 주기를 설명하는 안내판과 나비 표본이 전시되어 있었다. 나는 그것들을 읽느라 할아버지와 할머니, 아빠에게서 점점 멀어졌다.

나비는 알에서 태어나 약 3주의 애벌레 기간을 거치고 2주의 번데기 기간을 거쳐 어른 나비가 된다. 성체 나비는 약 2주에서 4주를 산다. 4단계의 완전탈바꿈. 번데기의 허물을 벗고 나올 때 나비는 가장 위험하다. 탈피 중에 날개를 제대로 펴지 못하면 그대로 굳어버리고 만다. 날지 못하는 나비는 살아남을 수 없다.

살아남아도 한 달이면 끝인 생.

나는 핀으로 고정된 수십 마리의 나비 표본을 노려보았다.

방

고모의 물건은 비워졌다. 신발장에 가득했던 고모의 운동화와 구두도 사라졌다. 고모의 화장대와 5단 서랍장과 옷장만이 물건이 비워진 상태로 고모의 방에 남았다.

변한 것은 별로 없었다. 나는 할머니가 깨우는 소리에 일어나 아침을 먹고 등교했고, 하교 후에는 학원에서 6시까지 수업을 듣다가 집에 돌아와 할아버지 할머니와 함께 저녁을 먹었다. 저녁을 먹고는 소반에 노트와 단어장 같은 것들을 펼치고 숙제를 했다. 가끔 할머니 옆에서 드라마를 보기도 했다. 집은 적당히 부산스럽고 적당히 고요했다. 고모가 없어도 일상은 달라지지 않았다. 고모는 애초에 시끄러운 사람이 아니었다. 대단한 존재감으로 집을 차지한 사람이 아니었다.

나는 저녁을 먹고 고모의 방에 가서 고모의 물건들이 있었던 자리를 물끄러미 보곤 했다.

학교에서 돌아와 고모의 방에 들어간 어느 날, 가구들이 바뀐 것을 보았다. 책장과 서랍장 사이에 상판을 얹어 쓰는 컴퓨터 책상이 있었다. 체리색 원목 무늬 시트지가 발린 상판 위에는 나의 노트와 필기구, 교과서가 정리되어 있었다. 책상 맞은편에는 침대가 있었는데 침대 위에 주름 없이 판판하게 깔린 이불 또한 처음 보는 것이었다. 고모의 옷장을 열어봤다. 거기에 나의 옷이 걸려 있었다. 내가 쓰던 부엌 옆방의 문을 여니 방 한구석에 몇 개의 종이 상자와 함께 고모의 화장대가 보였다.

아빠에게 전화가 왔다. 책상과 침대가 마음에 드냐고 내게 물었다. 내년이면 중학생이 되니 제대로 된 책상이 필요하지 않겠느냐고 했다. 답이 필요한 질문은 아니라 나는 말없이 수화기를 통해 들려오는 아빠의 말을 듣기만 했다.

그러니까, 이제 나만의 가구까지 생겼다 이거지? 나는 정말 여기에 사는 사람이라는 거지? 나는 책장에 책과 노트를 꽂으며 마치 전에는 여기서 살지 않았던 것처럼, 언제든 이 집을 떠날 수 있었던 것처럼 스스로에게 물었다.

그 책상에서 일기를 썼다.

새 책상이 생겼다고 적었다. 새 책상은 넓고 연필꽂이와 다른 책들도 둘 수 있을 만큼 크다. 바퀴 달린 의자가 생겼다. 의자에 앉아서 빙글빙글 돌 수도 있다. 방도 더 커졌다. 친구들을 데리고 와서 놀 수도 있다. 공부를 더 열심히 할 수 있을 것 같다. 매일 아침 선생님에게 제출해야 하는 일기장에 이렇게 쓰고 책꽂이에서 자물쇠가 달린 일기장을 꺼냈다. 누가 나를 감시하는 것도 아닌데 나는 작은 자물쇠가 달린 일기장을 사서 무언가를 썼다. 누구에게도 제출하지 않는 그 일기장에는 조금 다른 일기를 썼고, 다 쓰고는 일기장을 잠갔다. 새끼손가락 한 마디만 한 열쇠는 연필꽂이에 숨겨두었다. 가지고 다니다 잃어버리면 안 되니까. 내가 나의 일기장을 열지 못하는 일은 만들고 싶지 않았다.

새 이불은 샛노랗고 샛노랗고 샛노랬다. 이불은 셋째 숙모가 보낸 선물이었다.

나는 그 속으로 들어갔다.

처음으로 혼자 자게 된 날, 나는 쉽게 잠들 수 없었고 겨우 든 잠에서는 내내 악몽을 꾸었다. 사람들이 사람을 잡아먹는 꿈이었다. 식은땀을 흘리며 새벽에 깼다. 창밖으로 여명이 밝아오고 있었다. 반닫이 속 이불에 얼굴을 파묻었던 언젠가가 떠올랐다. 꼭 그날처럼 숨을 몰아쉬었다.

이백 원

첫 마디로 무슨 말을 해야 하나.

며칠을 아니 일주일을 아니 셋째 숙모에게 쪽지를 받은 순간부터 지금까지 내내 고민했다. 그걸 고민하느라 막상 전화를 걸지 못했다. 그걸 정하지 않으면 안 될 것만 같아서.

여전히 정하지 못했다. 그래도 하고 싶었다. 어느 날에는 그 마음이 온몸에 가득 차서 가만히 앉아 있을 수가 없었다. 학교 수업 시간에도 내내 그 생각만 했다. 전화를 걸어야 해. 쉬는 시간엔 안절부절못하며 괜히 복도를 서성였다. 수업이 끝나길 기다렸고 아이들과 함께 하교하다가 나는 전화할 일이 있어서, 하며 2층 상가 건물 쪽으로 혼자 갔다.

집에서 하면 되지, 왜? 그러게. 왜 집에서 전화를 걸지 못할까. 숨길 일도 아닌데.

공중전화 동전 투입구에 백 원을 넣고, 혹시나 하는 마음에 백 원을 하나 더 넣었다.

버튼을 눌렀고, 나는 기다렸다.

신호 대기음이 끊겼다.

나는 말했다.

엄마.
엄마, 나야.

나 나진이야.

복

 교문 앞에서 엄마가 나를 기다리고 있다. 키가 작고 나와 입술 모양이 닮은 엄마.

 엄마는 웃는다. 엄마는 나를 반긴다. 엄마가 나의 어깨를 한 손으로 감싸안는다. 한여름, 나의 목덜미는 땀으로 축축하다. 나는 엄마의 손을 젖게 할까 봐 목을 앞으로 쭉 뺀다. 엄마는 내게 먹고 싶은 걸 말하라고 한다. 먹고 싶은 걸 다 사주겠다고 한다. 나는 냉면,이라고 답한다. 나는 냉면 말고는 여름 음식을 알지 못한다. 꼭 너희 할아버지 같네. 할아버지도 냉면을 좋아하시잖아. 나는 엄마와 택시를 타고 번화가로 가는 동안 엄마가 말한 할아버지가 아빠의 아버지인지 엄마의 아버지인지 궁금해한다. 두 할아버지 모두 냉면을 좋아하는 걸지도 모른다. 아빠의 아버지, 그러니까 매일 서예방에 틀어박혀 온 집 안에 먹 냄새를 퍼뜨리는 할아버지는 확실히 냉면을 좋아했다. 매년 여름 꼭 한 번은 나를 데리고 굴다리 하나를 건너면 있는 큰 냉면집에 갔다. 할아버지는 내 몫의 냉면을 가위로 여러 번 잘라주었다. 속이 시원해지지. 냉면을 먹으면 속이 시원해진다. 나는 말없이 냉면을 먹었다. 차가운 국물을 삼켰다.

 엄마가 나의 냉면을 잘라주고 있다. 할아버지보다는 가위질을 덜 한다. 엄마는 냉면을 먹으며 키가 많이 컸다고 말한다. 너희 아빠가 네 옷을 좀 사주면 좋을 텐데…… 말끝을 흐린다. 아빠는 그런 사람이 아니라는 것을 엄마도 나도 알고 있다. 아빠는 나를 데리고 나가 옷을 고르는 사람이 아니다. 아빠는 숙모에게 돈을 주면서 내 옷을 몇 벌 사달라고 부탁하는 사람이다. 오물오물 냉면을 씹는 나를 보며 엄마가 또 웃는다. 지금 보니 할머니를 조금 닮은 것 같아. 엄마가 말한다. 아빠의 어머니를 말하는 것인지 엄마의 어머니를 말하는 것인지 몰라서 나는 다시금 혼란스러워진다. 나는 누구도 제대로 닮지 않았다. 냉면을 먹는 엄마의 얼굴을 힐끔힐끔 본다. 입술 모양 말고도 닮은 구석이 있을 거라 생각한다. 닮고 싶어. 내가 엄마의 자식이라는 걸 얼굴만 봐도 알 수 있으면 좋겠다고 생각한다. 그래서 엄마가 나를 볼 때마다 놀라기를, 이렇게나 자기를 똑 닮은 자식과 헤어졌다는 것을, 나를 포기했다는 것을 매번 깨닫기를 바란다. 아빠는 닮고 싶지 않다. 아빠 따위 집어치워. 나는 엄마를 따라 냉면 국물을 그릇째로 꿀꺽꿀꺽 마신다. 속을 차갑게 식히고 싶다.

 엄마는 나를 학용품부터 시계, 머리띠, 젤리와 초콜릿까지 온갖 것을 파는 팬시점에 데리고 들어간다. 예쁜 머리끈과 핀을 사주고 싶어 한다. 엄마는 내가 더 예쁘게 꾸몄으면, 그러니까 '여자애'처럼 꾸몄으면 좋겠다고 한다. 함께 살았을 때는 늘 엄마가 머리를 묶어주었다. 양갈래로 땋아 잔머리를 똑딱이핀으로 고정하기도, 포니테일로 묶은 머리에 장식이 달린 머리띠를 하기도 했다. 지금 나는 어깨 아래까지 사란 머리칼을 검은 고무줄로 질끈 묶은 상태다. 검은 고무줄이, 삐져나온 잔머리가 엄마를 서글프게 만든다. 그러나 나는 큐빅 방울이 달린 머리끈이나 리본 모양의 똑딱이핀보다는 귀여운 캐릭터가 그려진 스프링노트나 색색의 젤펜, 몸통이 말랑말랑해 오래 써도 손이 아프지 않은 샤프펜슬에 관심이 더 많다. 내가 그런 것들을 뒤적이고 있으면 엄마는 여러 개의 머리끈과 핀을 가지고 와 내 머리에 대보고 이게 더 예쁘지? 어떤 게 더 마음에 들어? 묻는다. 나는 그것보다는 이것이 좋다고, 엄마의 왼손과 오른손에 들린 것 중에 무언가를 가리킨다. 엄마는 다 사주겠다고 한다. 다 사주고 싶다고 한다. 엄마는 내가 시선을 떼지 못하는 노트와 샤프펜슬도 가져간다. 또 가지고 싶은 것이 있는지 묻는다. 지갑을 사자. 내 대답을 듣기 전에 엄마는 말한다. 저기에 지갑이 있어. 엄마는 나를 데리고 층층이 지갑이 꽂혀 있는 매대로 간다. 나는 지갑을 잠그는 버튼이 곰 모양인 갈색 3단 지갑을 만지작거린다. 엄마는 그래도 빨간색이 좋다고 말한다. 지갑은 빨간색이어야 한다고 두 번이나 말한다. 빨간색 지갑을 써야 복이 들어온다고. 엄마는 수십 개의 지갑 중 무척이나 빨간 지갑 하나를 꺼낸다. 합성피혁으로 만든 빨간색 지갑의 바깥면에 하트 모양이 음각되어 있다. 나는 그 모양이 싫어서 다른 지갑을 괜히 뒤적인다. 꼭 빨간색이어야 한다면. 나는 다른 지갑을 찾아낸다. 검붉은색인 그 지갑엔 무엇도 음각되어 있지 않고 다만 버튼에만 지갑과 같은 색의 작은 리본이 달려 있다. 엄마는 내가 고른 것은 조금 어둡고 심심하지 않냐고 말하지만 결국 그것을 계산한다. 엄마는 팬시점을 나오자마자 자신의 지갑에서 현금 오만 원을 꺼내어 새 지갑의 지폐 칸에 넣는다. 새 지갑이 생기면 누군가에게 용돈을 받아야 한다고 엄마는 말한다. 그래야 돈이 술술 들어오는 거야.

엄마는 다시 택시를 잡는다. 택시 뒷좌석에 앉아 기사에게 할머니 집 주소를 부른다. 나진아, 나주 알지? 나진이 어렸을 때 엄마랑 아빠랑 같이 가본 적 있잖아. 나는 나주라는 지명은 알지만 그곳을 기억하지 못한다. 엄마는 이제 나주에 살아. 나진이 데려다주고 엄마는 터미널로 가야 해. 나는 터미널이 광주에서 다른 지역으로 가는 버스를 타는 곳이라는 건 알지만 그곳에 한 번도 가본 적 없다. 엄마가 아주 먼 곳에 사는 것만 같다. 오늘 엄마를 본 것만으로도 이상한 하루가 되었는데 그런 엄마가 아주 먼 곳에 살고 있다니, 오늘을 어디에도 기록할 수 없을 것이다. 그래도 또 만날 거니까, 엄마가 광주로 올 거니까, 또 맛있는 걸 사줄 거니까 괜찮아.

차는 하나도 막히지 않아 어느새 내가 사는 아파트 단지 앞이다. 택시 안에서 엄마가 나를 끌어안는다. 우리 딸 잘 크고 있어서 정말 고마워. 엄마가 미안해. 나만 택시에서 내린다. 엄마가 창문을 내려 내게 손을 흔든다. 나도 손을 흔든다. 흔들지 않는 다른 손에는 엄마가 팬시점에서 사준 것들이 가득 담긴 비닐봉지가 들려 있다. 무엇이 괜찮고 무엇이 고맙고 무엇이 미안한가. 이제 엄마가 탄 택시는 보이지 않는다. 나는 비닐봉지를 책가방에 넣고 아파트 입구로 들어간다.

  집은 훈기로 가득하다. 그 훈기는 부엌에서부터 시작된다. 오후 7시, 괘종시계가 울린다. 아직 해는 지지 않았다. 길고 지독한 여름 저녁, 할머니는 싱크대 앞 작은 창문으로 들어오는 노란 햇볕을 받으며 서 있다. 가스레인지에서 들통이 끓고 있다. 오늘은 초복이니 몸보신을 해야 한다고 한다. 식사하라는 할머니의 말에 할아버지가 서예방에서 마른 발을 끌며 나온다. 나는 냉면을 먹은 지 얼마 되지 않았지만 식탁 앞에 앉아야만 한다. 엄마를 만났다는 사실은 비밀이다. 할머니는 오후 내내 삶던 것을 크고 우묵한 접시에 담는다. 회색빛에 비린내인지 누린내인지 분간하기 어려운 냄새를 풍기는 그것은 오리다. 집안이 대대로 몸에 열이 많으니 오리백숙을 먹어야 한다고 말한다. 오리는 찬 성질이라 김씨 집안은 닭 말고 오리를 먹어야 한다. 할머니는 김씨가 아니면서 그런 말을 한다. 털 빠진 자리마다 숭숭 구멍이 난 오리의 껍질을 보고 싶지 않아 나는 내 앞에 놓인 빈 앞접시만 본다. 그 위로 할머니가 손으로 잡아 뜯어낸 오리의 다리가 놓인다. 남은 다리는 할아버지의 몫이다. 할머니는 날개를 잡아 뜯어 소금을 찍고 자신의 입에 넣는다. 나는 사람들이 사람을 잡아먹는 꿈을 꾸었던 어느 밤을 떠올린다. 오리 다리에 손을 대지 않는 나를 본 할머니는 빨리 먹으라고 재촉한다. 젓가락으로 미끌미끌한 살을 조금 집어 입에 넣고 씹는다. 눈을 질끈 감는다. 숨을 참아 그것의 냄새를 맡지 않는다. 몇 번 씹다가 쓰디쓴 알약을 삼키듯 꿀떡 넘겨버린다. 그제야 할머니는 만족해한다. 여름에는 이렇게 먹어야 한다고 한다. 삼복더위를 이겨내려면 이런 것을 먹어야 한다고.

차라리 엄마를 만날 수 없었다면.
노란 이불 속에서 생각한다.
엄마가 나를 떠난 게 아니라 차라리 죽은 거라면. 그래서 영영 만날 수 없는 사람이라면.
왜 엄마는 내게 미안하다고 하는가? 왜 엄마는 내가 전화를 걸었을 땐 눈물을 참아 울먹이는 목소리였으면서 나를 만났을 땐 방긋 웃는가? 왜 엄마는 버젓이 살아서 내게 냉면도 사주고 학용품과 머리끈과 지갑을 사주면서 옷이나 신발처럼 새것인 게 눈에 띄는 물건은 사주지 않는가? 왜 아빠에게 옷을 사달라고 말하라 하는가? 학교 앞에서 나를 기다렸으면서 왜 집에는 데려가지 않는가? 왜 나와 잠들지 못하는가? 낳기만 하면 엄마인가? 나를 기르지 않는 엄마가 무슨 엄마란 말인가?

모두 잠든 밤, 신물이 올라온다. 이마에 땀이 밴다. 입에 다디단 침이 고이는 것을 몇 번이나 삼키다 결국 화장실로 간다. 언젠가처럼 변기에 대고 입을 활짝 연다. 나의 내부가 밀려 올라온다. 목에서 이상한 소리가 난다. 동물의 소리. 내가 동물임을 확인한다. 나의 소리라고 믿을 수 없는 괴성과 함께 내내 소화되지 않았던 음식물이 변기 안으로 쏟아진다. 눈물이 가득 찬 눈으로 내가 쏟아놓은 것을 본다. 가느다란 냉면 면발과 회색빛 오리 살점이 변기 물에 둥둥 떠 있다. 더위 탓인지 구토 탓인지 온몸이 땀으로 젖는다. 목에서 피 맛과 함께 시큼한 맛이 느껴진다. 반듯하게 자란 앞니를 혀로 훑어본다. 꺼끌꺼끌하다. 거울 속 나의 눈자위가 붉어져 있다. 찬물로 세수를 해도 얼굴의 열기가 가시지 않는다. 양치를 해도 입안의 꺼끌거리는 느낌이 사라지지 않는다. 다시 입에 침이 고이기 시작한다. 처음부터 다시 시작해야 한다. 다시 양치와 세수를 해야 한다. 나는 피로감을 느끼며 변기통에 얼굴을 처박는다. 복이라고는 하나도 없는 날이라고 생각한다.

그러나 삼복의 복은 복 福이 아닌 엎드릴 복伏. 엎드리고 숨고 굴복하는 복. 사람 앞에 엎드린 개처럼 되는 복. 네가 이겼다고 흰 깃발 드는 복.

나는 그 지독한 여름이 지나서야 다시 엄마에게 연락을 하게 된다.

2부

칼과 가위

　할머니의 두 달 치 약이 들어 있는 함에서 길게 이어지는 내복약을 꺼냈다. 절취선을 따라 뜯은 약포지를 텅 빈 약주머니에 하나씩 넣었다. 할머니와 함께 보내는 새로운 한 주가 시작될 것이다.

　아침 설거지를 마치고는 사장님에게 연락했다. 정말 죄송해요. 일주일만 더 쉴 수 있을까요? 그렇게 물으니 사장님은 얘, 너 도망가는 거 아니지? 말하며 호쾌하게 웃었다. 사장님 목소리 너머로 식기 부딪히는 소리가 작게 들렸다. 그럴 리가요! 내가 놀라 소리치자 사장님은 언제까지 할머니 모셔야 하니? 물었다. 어른이 되어선 이런 대답도 제대로 하지 못하고 우물쭈물이라니, 한심했다. 한 달을 넘기면 안 된다. 이모들이 너 없이 팥 쑤느라 얼마나 힘들어하는데. 잘려도 면목이 없어요. 나는 잘리고 싶지 않았지만 그렇게 말했다. 사장님이 흠, 하고 콧바람 소리를 냈다. 원래 어르신 모시는 게 힘든 거야. 힘든 일을 하고 있는 거야 지금. 나는 사장님에게 돌아가는 날 꼭 연락드리겠다고 했다. 사장님은 전화를 끊기 전에 다급히 말했다. 올 때 거기 막걸리 한두 병 사 와봐라. 이모들 불만이 쏙 들어가지.

할머니가 점심으로 먹을 고구마와 단호박을 쪄두고 흥뚱항뚱한 상태로 텔레비전을 보다 경은의 연락을 받고 나갈 준비를 했다. 내 옆에서 선잠을 자던 할머니는 내가 방에 들어가 외투를 입고 나오자 잠시 무슨 상황인지 생각하는 듯 나를 오래 보았다. 그러다 곧 놀다 와라, 놀다 와, 하며 머리를 긁었다. 몇 시에 들어오냐. 나는 저녁 먹기 전에 들어올 거라고 말했다. 할머니는 끄응 소리를 내더니 내게 밖이 추우니 옷을 여미고 나가라고 했다.

아파트 단지 앞에 경은이 서 있었다.
왜 이렇게 늦게 나와. 얼어 죽는 줄.
그렇게 늦게 나오진 않은 것 같은데…….

사실 맞아. 그 정도는 아니긴 했어.

경은은 두 번째로 맛있는 순댓국집에 나를 데려가겠노라 했다. 왜 첫 번째가 아니고 두 번째로 맛있는 집에 가느냐고 나는 물었다.

첫 번째 집은 진짜 맛있는데 맛있게 먹을 수가 없어.

경은의 말로는 첫 번째로 맛있는 집은 우리 집과도 가까워 걸어서 금방인데 계산과 서빙을 하는 남자 사장 성격이 아주 별로라고 했다. 분명히 부엌에서 요리하시는 분이 아내인 것 같거든? 그런데 아저씨가 주문 넣고 어쩌고 하다가도 주방에 대고 버럭 성질을 내고 너무 별로야. 아내를 너무 하대해. 맛있게 순댓국 먹으려다가 기분만 잡치고 나오게 된다니까. 한두 번이 아니라서 이제는 안 가. 두 번째로 맛있는 순댓국집은 첫 번째 집보다는 맛이 떨어진다고는 해도 하여튼 서울에서 먹는 것보다는 훨씬 맛있고, 그 맛이라는 것은 역시 배추김치와 깍두기의 레벨에서 차이가 난다고 했다.

우리는 도서관을 지나 내리막길을 걸었다. 도서관을 지나는 게 아주 오랜만이었다. 나 여기서 책 많이 빌려 읽었는데. 내가 말하자 경은이 올, 하며 나를 봤다. 열람실에서 공부도 많이 했고. 오올, 하긴. 넌 공부 열심히 했지. 경은이 휘적휘적 걸으며 나도 공부 열심히 했으면 좀 다르게 살았을까, 말했다. 그게 무슨 소리냐고 내가 묻자 경은은 말했다. 그냥 가끔 그런 생각 할 때가 있어. 내가 조금 다른 나였다면 어떻게 살았을까.

순댓국집의 문을 열자 나무 구슬을 엮어 만든 발이 내 얼굴을 쳤다. 경은이 킥킥 웃었다.

우리는 모둠 순댓국 두 그릇을 주문했다. 테이블 여섯 개 중 세 자리가 차 있었다. 혼자 먹는 할아버지, 둘이 마주 보고 앉아 뚝배기에만 시선을 고정한 아주머니와 아저씨, 그리고 혼자 소주를 마시며 국물을 천천히 떠먹는 아저씨 모두 말이 없었고 식당 벽에 걸린 텔레비전에서 나오는 맛집 기행 프로그램의 소리와 안쪽 주방에서 집기가 덜그덕거리는 소리만 들려 뭔가 조용히 말해야 할 것만 같았다. 소주 한잔해야지. 경은이 의자에 걸쳐둔 패딩 주머니에서 머리집게를 꺼내며 말했다. 그런데 집에 할머니 계시는데 술 마시고 들어가도 되나? 경은의 물음에 나는 잠시 고민하다가 괜찮다고 했다. 조금만 마시고 들어가면 된다고. 그러면 짧고 굵게 빨간 뚜껑으로 마시자. 경은은 자리에서 일어나 주방 안쪽으로 들어간 아주머니를 향해 이모니임, 소주 하나

가지고 갈게요오, 말하고는 냉장고에서 한 병을 꺼내 왔다. 나는 식탁의 중앙에 뒤집힌 상태로 쌓인 소주잔 탑에서 잔 두 개를 빼내었다.

여기는 소주 온도가 진짜 최고야, 이것 봐, 하면서 경은이 손톱을 세워 소주병 바깥을 긁었다. 얇게 덮인 살얼음이 죽 긁혔다. 우리는 순댓국보다 먼저 나온 깍두기와 배추김치를 안주 삼아 첫 잔을 마셨다. 무척 차갑고 달았다. 나는 빈 잔에 다시 소주를 따랐다. 고팠니? 경은이 그렇게 물으면서도 잔을 들어 나의 잔에 부딪쳤다.

순댓국이 나오자 경은은 머리 집게로 긴 머리칼을 틀어 올려 고정했다. 경은이 진지한 얼굴로 빨간 양념장과 들깻가루를 뚝배기에 듬뿍 넣길래 나도 경은을 따라 그것들을 넣고 숟가락으로 휘휘 저었다. 순댓국이 여전히 펄펄 끓어 경은과 나는 앞접시에 조금 덜어 식혀 먹었다.

……맛있지?

……응, 진짜 맛있다.

나는 다시 앞접시에 순댓국을 덜어놓고 반찬으로 나온 고추 하나를 집어 쌈장에 찍어 먹었다. 조금만 베어 물었는데도 혀가 아플 정도로 매웠다. 많이 매워? 경은의 물음에 나는 말도 못 하고 고개를 세차게 끄덕였다. 그럼 내가 다 먹어야지. 경은이 고추를 와작 씹었다. 우리는 미리 채워둔 소주잔을 다시금 비워냈다. 아직 밥은 제대로 먹지도 않았는데 소주병에는 한 잔이나 나올까 싶을 정도의 소주만 남았다.

……원래 각 일 병인 거 알지?

경은은 자리에서 다시 일어나 서빙을 하던 아주머니의 등에 대고 이모님, 소주 하나 더 가지고 갈게요오, 애교 섞인 말투로 말했다. 소주는 얼음장처럼 차갑고 순댓국은 뜨겁고 고추는 맵고 깍두기는 시큼하고 배추김치는 얼마나 잘 익었는지 구수한 맛이 느껴졌다. 경은의 볼이 살짝 붉어져 있었다. 나의 볼도 그럴까? 일단 두피에서 땀이 나는 것 같기는 했다. 우리가 먹는 동안 다른 손님들은 식사를 마치고 나가 가게에는 우리뿐이었다. 음식을 만드는 중년의 여자 사장님과 서빙을 하던 아주머니는 빈 테이블에 앉아 말없이 텔레비전을 보고 있었다.

그런데 일주일에 하루밖에 안 쉬어서 어떡해.

나?

응. 너무 피곤하겠어.

얘, 피곤해도 해야지. 나는 딱 내가 한 만큼만 버는 사람인데.

경은이 생양파를 와삭와삭 씹었다.

그런데 다시 서울 가고 싶긴 해. 광주는 좀 재미가 없어.

왜?

손님들이 원하는 스타일이 다 비슷해서 좀 지루하달까. 아, 그리고 희한하게 나 파마 싸게 잘 말아준다고 어디서 소문이 났는지 동네 할머니들이 그렇게 와. 나야 금방금방 하니까 좋긴 한데, 하여튼 손님의 절반 이상은 동네 할머니들이야.

네가 원래 할머니 친화적이잖아.

그렇긴 하지. 경은이 웃었다. 너희 할머니도 나 좋아하시잖아.

과연 그랬다. 중학교 2학년쯤이었을까. 언젠가 중간고사를 마치고 경은이 우리 집에 온 적 있었다. 할머니는 생전 친구를 데려오지 않던 내가 경은을 집에 데리고 오자 무언가 잘해주고 싶었던 것 같았다. 경은과 내가 방—여전히 체리색 원목 시트지가 발린 책상과 샛노란 이불이 있는—에서 좋아하는 가수의 앨범을 들으며 경은이 가져온 매니큐어를 서로의 손톱에 발라주는 동안 할머니는 부엌에서 내내 뭔가를 만들었다. 할머니가 내 방으로 가져온 소반에는 떡볶이뿐 아니라 동치미와 오븐에 구운 호박고구마까지 있었다. 떡볶이는 가래떡으로 만든 것이었는데 안에 뭐가 이렇게 많이 들었나 싶어 떡볶이가 담긴 궁중팬을 젓가락으로 뒤적여보니 애호박이며 당근이며 채소는 물론이거니와 낙지까지 한 마리 통째로 있었다.

너희 집은 떡볶이에 낙지를 넣어?

나도 이런 건 처음 봐…….

경은과 나는 적어도 4인분은 되어 보이는 그 떡볶이를 국물까지 싹싹 긁어 먹었다. 그때 우리의 위장이란 참으로 건강하고 담대하여 그 모든 것을 먹고도 거뜬히 소화할 수 있었다. 할머니! 경은이 다 먹은 그릇을 모아 부엌으로 가면서 소리쳤다. 할머니! 너무 맛있어요! 부엌에서 또 무언가를 요리하던 할머니가 경은을 보고는 소리 내어 웃었다. 그렇게 맛있으면 나중에 또 와라. 또 맛있는 거 해주지. 그 말에 경은이 선 자리에서 빙글 한 바퀴 돌았다. 경은의 교복 치마가 둥글게 부풀었다. 아싸, 또 먹으러 와야지. 나진이는 좋겠다. 맨날 할머니가 맛있는 거 해주시니까. 나는 민망해 조금 웃다 말았다.

청담보다는 이태원에서 일할 때가 진짜 좋았는데. 머리에 온갖 색을 다 입혀보고, 머리 들춰보면 목에 재밌는 타투가 있는 손님들도 많았고 말이야. 물론 너도 자주 봐서 좋았고.

마지막 잔을 비운 경은이 콧잔등을 손가락으로 가볍게 긁으며 말했다. 생각해보면 그때는 내가 인생에서 머리를 가장 주기적으로 자른 시기였다. '너 머리 자를 때 됐어.' 경은은 한 달 주기로 내게 이렇게 메시지를 보내곤 했다. 그러면 나는 경은이 디자이너로 일하는 미용실의 마지막 타임을 예약했다. 미용실은 한강진역 근처에 있었다. 경은에게 머리를 자르고는 경은이 다른 디자이너, 스태프 들과 미용실 마감을 하는 동안 근처 카페에서 잠시 책을 읽다가 경은이 오면 식당이나 술집으로 가 저녁을 먹었다. 경은은 미용실에서 있었던 일들, 예를 들면 새로 들어온 스태프가 일머리가 너무 없다거나 오늘 온 손님 중에 정말 잘생긴 사람이 있었다거나 하는 이야기들을 재잘거렸다. 가끔 동생 이야기를 꺼낼 때는 유난히 한숨이 많았다. 나는 술과 음식을 먹으며 고개를 끄덕이는 편이었다. 너는 뭐 회사에서 아무 일도 없어? 경은은 무언가에 홀린 듯이 풀어놓던 이야기를 멈추고 내게 물었다.

아무 일도 없었지, 그럼.

진짜 재미없는 직장의 재미없는 직장인이 되어버렸네.

그렇게 되어버리고 만 것이지.

나는 실없이 웃으며 술을 마셨겠지. 그랬을 것이다.

눈 온다!

내가 계산하는 동안 먼저 밖에 나간 경은이 소리쳤다. 다시 이마에 나무 발을 부딪으며 가게 문을 열자 양팔을 활짝 하늘로 벌리고 있는 경은의 뒷모습이 보였다. 풀어헤친 경은의 부드러운 머리칼 위로 크고 가벼운 눈송이들이 떨어졌다. 경은이 홱 뒤를 돌아 나를 봤다. 붉어진 얼굴로 활짝 웃고 있었다. 눈이 와! 경은의 오른쪽 눈 아래에 눈송이 하나가 떨어져 눈물점이 반짝 빛났다.

빙수 먹고 싶다. 우유 빙수처럼 멋 부린 거 말고 그냥 얼음 간 거에 딸기시럽이랑 통조림 팥 팍팍 넣은 거. 그거 싹싹 비벼서 먹고 싶다. 눈 와서 그런가?

술 마셔서 그런 거 아닐까.

이 정도는 술도 아니지……. 아닌가?

경은이 패딩 주머니에 손을 푹 찔러넣고는 어깨를 으쓱했다. 그러더니 걸음을 조금 늦춰 내 뒤에서 걸었다. 경은이 한 손으로 내 뒷머리를 조금씩 들춰보더니 말했다. 야, 솔직히 내가 머리 하나는 진짜 기가 막히게 자르지 않냐?

경은은 만족스러운지 내 뒷머리를 다시 탈탈 털고는 내 옆으로 와 걸었다. 여기에만 있기에는 아까운 인재란 말이지. 경은이 그 말을 끝으로 후, 하고 숨을 뱉자 입김이 길게 나왔다.

카페 메뉴에 빙수는 없었다. 나는 따뜻한 아메리카노를 시켰고 경은은 컵에 나오는 소프트아이스크림을 시켰다. 계산은 경은이 했다. 테이블이 네 개뿐인 카페였고 주인은 우리 또래로 보였다. 카페에서는 간지러운 가사의 발라드가 흐르고 있었다. 경은과 나는 통유리 가까이 붙은 테이블에 마주 앉았다. 경은은 술기운이 남았는지 카페에 흐르는 음악에 맞춰 손가락으로 테이블을 두드렸다.

어머니는 잘 계셔?

말도 마. 입에 아이스크림을 한가득 넣은 경은이 웅얼거리며 말했다. 결혼하라고 난리야. 그런데 결혼은 혼자 하니? 어머니께서 참으로 애통해한단다.

경은이 허리를 살짝 숙여 내게 얼굴을 가까이했다.

나는 결혼 생각이 별로 없는데 말이야. 어쩌면 경수가 금방 할지도?

경수가?

응, 경수. 여자친구 사랑이 말도 아니란다.

경은의 동생인 경수는 경은과 열 살 차이가 났다. 나는 경수가 벌써 성인이 되었다는 사실을 믿을 수가 없었다.

개 요새 열심히 살아. 제빵학교 수료하고 바로 시내에 있는 빵집 들어갔잖아.

엇, 빵을 만들어?

내가 그래서 살이 찌는 거야. 걔가 맨날 빵 들고 집에 와서.

너 살쪘어?

어, 좀 쪘지. 너만 찐 게 아니라 나도 좀 쪘어. 눈썰미가 없어도 너무 없으세요.

흠 그런가. 나는 경은을 아무리 보아도 어디가 살이 쪘다는 건지 알 수 없었다.

그래도 내가 광주로 내려와서 경수도 정신 차린 거지. 사실 그거면 됐어. 뭘 또 서울에 올라가냐. 경은이 다 먹은 아이스크림 컵을 괜히 스푼으로 긁어댔다.

내 얘긴 이제 끝. 말해봐. 요새 서울에서 어떻게 사는지.

경은의 말에 나는 잠시 고민했다. 무슨 말을 해야 하나. 요새 내게 무슨 일이 있었던가. 잠시 말을 고르다 입을 뗐다.

이모님들이.

이모님들이?

응, 사장님도 그렇고 이모님들도 그렇고 내가 칼을 못 쥐게 해.

칼을?

응, 절대 못 쥐게 해. 서빙이랑 계산하는 거 말고 주방에서 하는 건 그나마 반죽 정도?

칼국숫집인데 반죽이면 중요한 일 하는 거 아니야?

그건 그렇지만, 어차피 반죽도 기계가 하는걸. 이모님들이 배합해둔 걸 내가 지켜보는 정도랄까.

아하. 반죽을 지켜보는 일을 한다는 거구나.

그렇지. 반죽을 지켜보는 일을······.

칼을 쥐고 싶어?

응.

왜?

뭔가 핵심 인물이 되는 느낌이잖아.

경은이 푸핫, 하고 크게 웃었다. 카운터 안쪽에 앉아 있던 사장이 잠시 일어나 우리를 보고는 다시 안쪽으로 숨었다.

웃기는 소리를 다 하시네요.

나름 진지한데.

너 거기서 얼마나 일했지?

1년은 넘었지.

그게 웃기다는 거야.

뭐가 그렇게 웃긴데.

야, 미용업계에서는 가위 한번 잡아보려면 스태프 생활 2, 3년은 기본이야. 요식업계라고 뭐 다르겠어? 1년 일한 조무래기가 어디 벌써 칼을 잡으려고 해.

경은이 손날을 세워 내 목을 치는 시늉을 했다. 그런가. 아직 조무래기인가. 하지만 이모님이 대파 여러 개를 한 번에 대단히 빠른 속도로 썰어내는 모습을 보면 나도 해보고 싶었다. 부추전에 들어가는 부추도 주저함 없이 같은 길이로 뚝딱 잘라버리는 단호함.

아 핵심 인물, 좀 웃겼다.

경은이 피실피실 웃었다.

얘, 칼을 안 쥐어도 너는 너의 핵심이란다.

경은이 한차례 마른세수를 하고는 창밖 멀리 보았다. 눈은 그쳤고 이미 내린 눈만 바닥에 얇은 솜처럼 깔려 있었다. 한낮 꿈처럼 내리고 그쳤네.

나

나는 나의 핵심.
소리 내어 발음해봤다.

나는, 나의, 핵심.
더 천천히 해보기도 하고.

경은은 모두가 잊는 걸 가끔 불쑥 말하곤 한다. 그게 경은을 경은으로 만드는 것 같다.

내가 이유 없이 울적해 누구의 연락도 받지 않을 때, 매일 하루에 두 번씩 꼭 전화를 걸어온 것도 경은이었다. '한 사람의 몫을 해야 한다'는 마음과 '아무것도 할 수 없다'는 마음 사이에 끼어 납작해져 있을 때, 몸을 일으킬 근력이라고는 하나도 없었던 때, 멀쩡히 다니던 회사를 그만두고 방 안에 물리적으로도 납작하게 누워 있었던 그때, 나는 손가락 끝으로 죽은 날벌레들을 찍어 누르듯 시간을 흘려보내고 있었다.

한심하지?

내가 말하자 경은이 한동안 말이 없었다.

아무래도 그렇지? 1인분도 제대로 못 하는 삶이라니.

한심하긴 하네. 1인분이고 2인분이고 그런 거는 밥 먹을 때나 생각해야지, 뭐 그런 생각을 해?

경은의 말에 나는 조금 웃었다.

그리고 소식이 건강에 좋지 않니?

소식?

요샌 1인분이 너무 많아. 소식해, 소식.

웃다가도 가만히 생각해보게 되는 말을 경은이 하면 나는 맞네, 네 말이 맞아, 조금은 허리에 힘을 주게 됐다. 그러면 또 일어날 수 있었다. 일어나서는 여기저기에 산재한 마음을 노트 위에 싹싹 쓸어모았다. 별것도 아닌 문장들이었다. 그게 나의 전부였다.

작고 낮은

경은은 손이 야무지다. 기술 가정 시간에는 남들보다 빠르고 정확하게 천 주머니를 만들어 가장 높은 점수를 받았다.

경은은 흉내를 잘 낸다. 선생님이 교실에 들어온 줄도 모르고 그의 걸음걸이와 말투를 따라 하다가 대차게 혼나고 수업 시간 내내 교실 뒤편에 서 있던 적 있었다.

경은은 아침잠이 많다. 1교시부터 4교시까지는 경은에게 그저 취침 시간일 뿐이었다.

경은은 키가 크다. 반에서 두 번째로 키가 큰 경은은 너는 다리가 길고 예쁘니 모델을 하면 되겠다는 소리를 한문을 가르치는 남자 선생님에게 들은 적 있었다.

경은은 꾸미는 걸 좋아한다. 점심을 먹고 나서야 눈에 생기가 돈 경은은 교실 뒤편의 거울 앞에 의자를 두고 앉아 고데기로 앞머리를 말았고, 나도 해줘, 나도 좀 해줘, 아이들이 모이면 줄을 서시오, 하며 한 명 한 명 앞머리를 말아주었다.

경은은 하교할 땐 혼자가 된다. 친구들과 어울려 분식집에 가지도, 시내에 스티커사진을 찍으러 가지도 않았다.

나는 경은을 조용히 관찰하기만 했는데, 경은은 내게 불쑥 다가와 말을 걸었다.

도덕 숙제 뭐야?

인생의 가치관을 써 오랬는데.

가치관?

응, 가치관.

아아…… 경은은 공책 한 장을 찢더니 내 펜을 빌려—정확히는 그냥 가져가 몇 글자 적고는 내 눈앞에 들이밀었다.

이렇게 하면 되나?

안 되지 않을까?

왜? 이거 내 가치관인데.

종이에는 둥근 글씨로 큼직하게 '멋있게 살자'라 쓰여 있었다.

혼날 것 같은데…….

넌 뭐라고 썼는데? 보여줘.

그건 좀…….

나는 복사용지에 '남을 도와주고 베풀 줄 아는 사람이 되자'라고 쓰고 그 아래에 이것이 내 가치관인 이유에 대해 길게 써두었지만 그걸 경은에게 보여주는 것은 창피했다. 어쩌면 진심이 아니었기 때문일지도 몰랐다. '멋있게 살자'가 진솔하게 느껴졌다.

근데 네 거 펜 되게 좋다. 이거 뭐야? 필통 구경할래.

경은은 내 옆자리에 앉아 내 필통을 제 앞에 두고 하나씩 꺼내봤다. 우와 이건 또 뭐야. 형광펜이 왜 이렇게 많아. 완전 펜 부자네.

필통을 안 가지고 다니는 경은에게 나는 펜과 샤프펜슬을 매일 빌려주기 시작했다. 경은은 수업이 끝나면 매번 고맙다면서 빌린 것을 돌려주었다. 매번 빌리고 돌려주는 게 귀찮지 않나 싶어 나는 펜 하나를 경은에게 그냥 주었는데 그건 또 어디에 잃어버리고선 다음 날 내게 펜을 빌렸다.

나는 내 물건이 되면 다 잃어버려. 그런데 남의 것은 안 잃어버려. 진짜 이상하지?

경은은 우리가 첫 중간고사를 치른 날에도 함께 시내에 놀러 나가지 않았다. 안 돼. 애 봐야 돼. 경은의 말에 친구들은 뭐래, 하면서도 웃었다. 정말이야. 애 보러 가야 한다고! 경은이 가방—교과서가 들어가기는 할까 싶게 작은 검은색 백팩이었다—을 메고는 한 손을 세차게 흔들며 교실을 빠져나갔다.

경은이 애를 보러 간다는 건 사실이었다. 언젠가의 쉬는 시간, 내 앞자리에 앉은 경은이 자신의 지갑에서 사진 한 장을 꺼내 내게 보여주었다. 갓난아이인데도 경은을 닮아 턱이 뾰족했다. 내 동생인데 이 사진은 좀 옛날이고 지금은 네 살이야. 나는 동생의 이름을 물었다. 경수라고 했다. 애 때문에 진짜 피곤하긴 하거든? 근데 귀여워. 귀엽고 웃겨. 경은은 내게 동생이나 언니 오빠가 있냐고 물었다. 나는 고개를 가로저었다. 외동이야? 부럽다. 그럼 다 네 거잖아. 나는 나의 방을 떠올렸다. 다 내 것이기는 했으므로 고개를 끄덕였다. 경은은 사진을 다시 지갑에 넣으며 나중에 내 동생 보러 갈래? 내게 물었다. 나는 고개를 세차게 끄덕였다.

경은의 집으로 가는 길을 기억한다. 좁고 구불구불한 골목. 작고 낮은 단층집.

경은과 나는 종례 후에 함께 신발장에서 신발을 꺼내었다. 때가 탄 흰색 스니커즈는 경은의 신발, 노란색 스니커즈는 나의 신발. 색깔만 다르네, 우리, 경은이 말했고 정말 그러네, 내가 말했다.

학교를 빠져나와 대로를 한참 걸어 좁은 길로 들어섰다. 본격적인 여름이 시작되기 전이었다. 하복 블라우스에 달린 푸른 리본이 우리의 가슴팍 위에서 파닥였다. 경은은 층을 많이 낸 짧은 머리를 탈탈 털어냈다. 경은의 귓불에 하늘색 큐빅이 박힌 작은 귀걸이가 반짝였다. 경은이 학교를 빠져나오자마자 가방의 작은 주머니에서 꺼내 귀에 끼운 것이었다. 경은과 잘 어울렸다. 경수 데리고 집에 가야 하거든? 좀만 더 가면 돼. 경은은 긴 팔을 흔들며 걸었다. 나는 경은의 옆에서 함께 걸으며 어째서 학교만 벗어났는데도 경은이 다르게 보이는 걸까, 그것은 다만 귀걸이만의 문제는 아닌데, 하며 의문스러워했다.

경은과 나는 한 어린이집 앞에 도착했다. 경은이 자연스럽게 어린이집의 대문을 열었다. 경수, 누나 왔네. 앞치마를 한 어린이집 선생님의 말에 블록을 쌓던 작은 남자아이가 우리가 있는 현관 쪽으로 걸어왔다. 경수야, 가자! 경은의 말에 경수가 집에 가기 싫다고 했다. 가기 싫어도 가야지. 경은은 익숙한 일이라는 듯이 가방을 챙겨 경수의 어깨에 걸어주며 말했다. 오늘은 누나 친구도 같이 집에 갈 거야. 여기, 나진이 누나야. 경수가 나를 올려다봤다. 나는 손을 흔들었다. 경수의 검은 눈동자에 내가 흔드는 손이 다 비치는 것 같았다. 경수야 안녕, 나는 나진이야. 경수는 아무 말 없이 입술을 쭉 내밀고는 신발을 신었다. 그 작은 손가락으로 신발의 뒤축을 잡고 한 발씩 신중하게 신었다. 경수가 약간 낯가리는데 금방 괜찮아져. 경은이 콧잔등을 찌푸리며 작게 속삭였다. 애들이 다 그렇잖아, 무슨 말인지 알지? 꼭 그렇게 말하는 것 같았다.

경은은 경수의 손을 잡았고 나는 그런 경수의 옆에서 걸었다. 경수가 손을 바짝 들어야 경은과 손을 잡을 수 있어서 불편해 보였는데 경수는 전혀 그렇지 않은지 남은 오른손은 주먹을 쥐었다 가위 모양을 하며 부산스럽게도 움직였다.

경수야 너 왜 이렇게 조용해? 나진이 누나 있어서 부끄러운 거야?

경수는 경은도 나도 쳐다보지 않았다. 바닥만 보며 발목에 힘을 푼 채로 털레털레 걸었다.

오늘 어린이집에서 뭐 했는지 말 안 할 거야?

경수가 고개를 가로저었다. 경은이 푸하핫 웃었고 나는 경수의 자존심이 상할까 봐 소리 없이 조용히 웃었다.

우리는 간판이 녹슨 슈퍼마켓과 복권방, 단내를 거리에 퍼뜨리는 건강원을 지나 골목으로 들어갔다. 골목은 둘이 나란히 서면 꽉 찰 정도로 좁아 나는 경은과 경수의 뒤에서 걸었다. 작은 단층집들이 다닥다닥 붙어 있었다. 문은 모두 굳게 닫혀 있어 마치 벽에 문을 그려둔 것만 같았다. 미로 속에 들어와 있는 기분이었다. 만화영화 〈이상한 나라의 앨리스〉에서 카드 병정들을 피해 달아나던 앨리스가 갇혀버리고 만 미로처럼 느껴졌다. 경은을 따라 걷기만 했을 뿐인데도 나는 조금 긴장했다. 혼자서는 절대 이 골목을 빠져나가지 못할 것이다. 앞서 걷는 경은은 그런 나의 모습을 볼 수 없으므로 경수와 맞잡은 손을 가볍게 흔들며 걷기만 했다.

경은과 경수가 멈췄다. 여기야. 경은이 작은 백팩의 앞주머니에서 열쇠를 꺼냈다.

바깥과 상관없이 집 안은 어두웠다. 작은 현관에 경수와 경은과 나의 신발이 놓였다. 나는 작은 거실에 오도카니 서서 경수가 갈아입을 옷을 챙기느라 부산스레 움직이는 경은을 눈으로 좇았다. 아아 앉아 있어, 앉아 있어. 경은이 화

작고 낮은

장실 옆에 난 방으로 경수를 데리고 들어가 옷을 갈아입히고 나오는 동안 나는 손님이라면 어떤 자세로 앉아 있어야 하는가에 대해 고민하다 일단 무릎을 꿇고 앉았다. 할머니 집과 다르게 거실이 작았고 앉은 자리에서 부엌이 훤히 보였다. 부엌 오른편으로 방이 하나 더 있었다. 경은의 방일까? 문은 닫혀 있었다. 노란색 원복에서 연한 하늘색 반소매 티셔츠와 그보다 짙은 푸른색의 잠옷 바지로 갈아입은 경수가 먼저 방에서 나왔다가 나를 보고는 멈칫했다. 그 뒤로 나온 경은이 크게 웃음을 터뜨렸다. 너 무슨 벌서? 어느새 경은도 편한 옷차림이었다.

나는 회색 운동복 바지를 경은에게 받아 부엌 옆방으로 들어갔다. 그 방은 경은의 방이 맞았다. 방은 개어둔 요와 컴퓨터 책상만으로도 꽉 차 보였다. 나는 요를 밟지 않으려고 조심조심 바지를 갈아입었다. 방에서 경은의 냄새가 나는 것 같았다. 마른 풀 냄새 같은, 아주 옅어서 집중해야만 맡을 수 있는 냄새였다. 바지를 갈아입고 나오자 경은이 다시금 웃었다. 나보다 키가 작긴 작네. 거실 바닥에 엎드려 색종이를 접던 경수도 나를 올려다보고는 조금 웃었다. 바지가 긴 탓에 바짓단이 내 발을 가리고 있었다. 발 없는 유령 꼴이었다. 경수 너 나를 비웃는 거니. 속으로 그런 생각을 했지만 어쨌든 경수가 나를 보고 웃었다는 게 좋았다.

너 정말 이렇게 다 흘리고 먹을래?

경은이 경수의 바지로 떨어진 라면 면발을 집어 상 위에 올려두고 휴지로 경수의 턱을 닦아주었다. 너 몇 살이야. 너 벌써 네 살이야! 경은이 과장되게 엄한 표정을 지으며 말했다. 그런 경은을 올려다보는 경수의 눈에 두려움이라곤 하나도 보이지 않았다. 경수의 두려움은 아무래도 누나들이 자기보다 빠른 속도로 먹어 이 라면을 모조리 해치울지도 모른다는 정도였을 것이다. 나는 경은이 끓인 라면을 국그릇에 덜어 먹으며, 시중에 파는 라면 중 가장 맛이 순한 라면에 그 조금의 매운맛도 없애려고 달걀 두 개를 푼 고소하고 짭짤한 국물을 숟가락으로 떠먹으며, 왜 경수가 작고 붉은 입술을 모아 면발을 빨아들일 때 마음 한구석이 턱 막히는 기분이 드는지 알 수 없었다. 그건 경수가 너무 귀엽기 때문이야. 경수의 발바닥이 아직 통통하기 때문이야. 경수의 이마에 밴 땀방울이 너무나도 동그랗기 때문이야. 경은이 라면을 먹는 둥 마는 둥 하며 경수의 여기저기를 닦는 동안 나는 면발을 최대한 천천히 씹어 경은이 먹는 속도에 나의 속도를 맞췄다. 배가 통 튀어나오도록 라면을 먹은 경수가 방에서 소방차와 경찰차 모형의 장난감을 가지고 나와 그것들의 바퀴를 바닥에 죽죽 당겨가며 놀기 시작했을 때 경은은 그제야 젓가락으로 면을 가득 집어 한입에 넣었다.

경은의 엄마는 거의 밤이 되어서야 일을 마치고 집에 온다고 했다. 우리 엄마 일 엄청 많이 해. 너무 바쁘고 힘들어 보여서 나는 탈선도 못 하겠어. 경은이 흐흐흐 하고 웃었다. 경은의 방에 깔아둔 요 위로 나란히 누운 우리는 가만히 천장을 봤다. 아빠 이야기는 안 하네. 분명 속으로만 생각했는데 경은이 말했다. 나 5학년 때 아빠가 돌아가셨어. 경수는 아빠 얼굴도 몰라. 경은이 자리에서 일어나 경수가 낮잠에 든 방을 힐끗 봤다. 방에서는 아무 소리도 들리지 않았다. 나는 경은의 말에 어떤 말을 붙여야 할지 모르겠어서 잠시 말을 골랐다. 나는 엄마가 없어. 엄마랑 아빠가 이혼했거든.

엄마를 아예 안 봐?

가끔 봐. 두 달에 한 번 정도?

그럼 엄마가 없는 건 아니네. 엄마가 있는데 엄마를 잘 못 보는 거지.

나는 부끄러워져서 말없이 천장만 집요하게 봤다. 테두

리가 연한 갈색인 얼룩들이 천장 곳곳에 있었다. 그 얼룩 중 하나에 집중했다.

엄마 보고 싶고 그래?

경은은 꼭 내가 경은에게 궁금한 것을 알고 먼저 내게 물어보는 것만 같았다. 나는 그렇게 보고 싶은 건 아니라고 했다. 보면 좋지만, 안 본다고 해도 글쎄…… 요새 엄마는 나와 헤어질 즈음이면 눈 앞머리에 고이는 눈물을 손가락으로 찍어 훔쳤다. 엄마는 자꾸 내게 미안하다고 했고 나는 그 말을 듣고 싶지 않았다. 엄마를 만나는 날이면 이상하게 마음에 화가 쌓였다. 안 만날 수는 없었다. 엄마가 나를 보고 싶어 했고 나는 그 마음을 저버리기 어려웠다.

나는 아빠가 돌아가셨잖아. 그런데도 별로 아빠가 보고 싶다거나 뭐 그립다거나 그렇진 않아. 옛날에 아빠가 말했거든? 내가 아주 어렸을 때 바다에도 놀러 가고 캠핑도 하고 그랬다고. 내가 네 살 때 은하수도 본 적 있대. 엄청난 은하수였대. 그런데 나는 하나도 기억이 안 나. 너무 어렸을 때니까. 막상 기억나는 건 별것도 아니야. 쉬는 날에 자느라 방에서 안 나오는 아빠, 술 먹고 집에 늦게 들어와서 엄마한테 혼나는 아빠, 뭐 이런 거밖에 없다니까. 기억이라는 거 진짜 이상해. 경수도 오늘을 까먹겠지? 어쩌면 너랑 나도 어른이 되면 오늘을 새까맣게 잊을 수도 있어.

나는 비가 샌 흔적인지 쥐 오줌이 마른 흔적인지 모를 천장의 얼룩을 여전히 바라보며 과연 그럴 수도 있겠다고 생각했다. 경은과 나는 작은 요 위에 어깨를 붙이고 누워 이야기했던 것들을 잊을 수도 있다. 중학생이 된 후로 초등학생 때 함께 학원에 다녔던 친구들과는 완전히 멀어졌던 것처럼. 우리가 고등학생이 되면, 아니 당장 내년에 다른 반이 되는 것만으로도 데면데면해지고 친구라고 말하기 어려운 사이가 될 수도 있다. 어른이 되고 나면, 그러니까 누가 뭐래도 완전히 어른인 상태가 되어서는 이 방도, 경은의 냄새도, 천장의 얼룩도, 열 살 어린 동생 경수의 통통한 볼과 발바닥도 잊을 수 있다. 오늘의 부끄러움도 전부 잊을 수 있을 것이다.

둥근 통증

 80데니아 검정 스타킹을 신고 춘추복을 챙겨 입었다. 교정 나무에 단풍이 들기 시작했다. 아침저녁으로는 바람이 제법 찼다. 학교가 끝나면 경은과 나에겐 겨우 20분 남짓한 시간이 주어졌다. 학원 셔틀 차가 오기까지 그쯤 걸렸다. 나는 여름방학 때부터 종합 학원을 다니기 시작했고 이제 학교 수업을 마치면 셔틀 승합차를 타고 학원으로 곧장 가야 했다. 우리는 학교 본관에서 교문까지의 짧은 통행로에 있는 벤치에 앉았다. 나는 교복 치마 주머니에서 투명한 큐빅이 박힌 귀걸이를 꺼내어 왼쪽 귀에 끼웠다. 오른쪽 귀는 어쩐지 잘되지 않아 헤매고 있으니 경은이 귀걸이를 받아

들고 내 머리칼을 귀 뒤로 넘겼다. 경은이 내 귀에 귀걸이를 끼우는 순간 작고 뾰족하게 느껴지는 통증에 나도 모르게 인상을 찌푸렸다.

아직도 귀가 부어 있네.

응. 두 달이 지났는데도 아파.

여름방학 전날, 경은이 나를 데리고 학교 근처의 미용실로 갔다. 사십대 정도로 보이는 미용실 원장은 경은을 보자마자 반갑게 맞았다. 원장은 나를 의자에 앉히고 한참 나의 귓불을 만지더니 작은 총처럼 생긴 것을 들고 와 거침없이 나의 왼쪽 귀를 뚫었다. 살이 뚫리는 감각에 나는 깜짝 놀라 그대로 굳어버렸다. 왼쪽 귀에 퍼지는 고통을 느끼기도 전에 원장은 오른쪽 귀를 뚫었다. 예쁘다. 뒤에서 거울을 통해 나를 보던 경은이 내 앞으로 와 나의 귀를 유심히 들여다보았다. 나는 원장이 가져다준 얼굴만 한 손거울을 양손으로 들고 나의 귀를 확인했다. 투명한 큐빅 귀걸이가 붉게 부은 귓불에 거의 파묻혀 있다시피 했다. 원장이 나중에 고생하지 않으려면 소독을 잘하고 후시딘을 꼼꼼히 발라야 한다고 했다. 나는 귀를 뚫은 값으로 오천 원을 냈다. 미용실 근처의 약국으로 가 과산화수소수와 후시딘을 샀다. 한 달은 좀 불편해도 나중엔 완전 괜찮아져. 초등학생 때 귀를 뚫었다는 경은이 선배처럼 말했다.

그날 밤부터 매일 자기 전에 귀를 소독하고 후시딘도 발랐는데도 여름 내내 뚫은 자리에서는 노란 진물이 나왔다. 베개를 옆으로 베고 누우면 귀가 아파 쉽게 잠들지 못했다. 자고 일어나면 베개에 작고 동그란 자국이 남았다. 차라리 귓불이 터져버리기를 바랐지만 그런 일은 일어나지 않았다. 나의 귓불은 내내 붓고 가라앉기를 반복했다. 살을 뚫는 건 보통 일이 아니었다. 아물지 못하게 하니까 끝도 없이 성가시게 했다.

경은은 여름방학이 시작되자마자 머리를 밝은 갈색으로 염색했다. 엄마를 졸라 겨우 한 것이었다. 여름방학 동안 우리는 1, 2주에 한 번은 꼭 만났다. 경은과 나는 용돈이 있을 때는 시내에서 만나 액세서리 가게와 옷 가게를 돌아다녔고 용돈이 별로 남아 있지 않을 때는 내가 사는 동네에 있는 대형 마트에서 만났다.

그곳은 광주에 처음으로 생긴 대형 마트였는데 반 아이들의 엄마들 중에서 한두 명은 그곳에서 일했다. 저렴한 로드샵 화장품 매장과 의류 매장, 작게 꾸려진 서점과 MP3 같은 전자제품을 파는 코너를 구경하다 보면 두어 시간이 훌쩍 지나갔다. 그곳에서는 아무것도 사지 않아도 괜찮았다. 가지고 싶은 물건이 생겼지만 곧 그것을 잊었고 다음에는 다른 물건을 갖고 싶어 했다.

대형 마트 복도 한편에는 휴대폰 대리점이 있었다. 경은과 마트를 구경할 때 나는 매대에 나와 있는 휴대폰을 유심히 살펴보았다. 흰색 폴더폰과 두툼한 은색 슬라이드폰, 검은색의 매끈한 폴더폰. 대형 마트에서 파는 것 중 단 하나만 고를 수 있다면 나는 무조건 휴대폰을 고를 것이었다. 경은의 휴대폰은 몽돌처럼 둥글넓적한 흰색 슬라이드폰이었다. 문자를 보낼 때면 자판을 두드리는 소리가 도도독 귀엽게 났다. 오후에는 경은이 경수를 챙기고 있으니 엄마가 하는 수 없이 사준 것이라고 했다. 허기지거나 그냥 걷기 싫어지면 지하 1층의 맥도날드로 가서 빅맥 런치 세트를 먹거나 소프트아이스크림을 아껴 먹으며 내내 수다를 떨었다. 우리는 할 이야기가 많았다. 서로에게 터놓을 고민도, 알려주고 싶은 것도 많았다. 왜 이렇게 방학이 방학 같지 않냐? 초등학생 때는 노느라 바빴는데. 말은 그렇게 했지만 초등학생이 다시 되고픈 마음이 우리에겐 없었다. 우리는 조금씩 어른이 되어가고 있다고 믿었다.

앞에서 불어오는 바람 탓에 하교하는 아이들의 치마가

허벅지에 찰싹 달라붙었다. 단풍나무가 세차게 흔들리며 나뭇잎을 떨어내렸다. 바람이 고이는 자리에 붉은 단풍잎이 작게 회오리쳤다. 아이들이 괴성을 지르며 웃었다.

낙엽만 굴러가도 웃는 시절이라더니, 정말이네.

경은이 짐짓 진지한 표정으로 말하고는 나를 봤다.

너 웃어봐.

왜?

그럴 때라잖아, 우리가.

나는 양 입꼬리를 올려 미소 지었다. 눈썹을 치켜올린 채였다. 웃으니까 귓불이 더 뜨거워졌다. 경은이 나를 보고는 웃었다. 웃는 거야, 우는 거야? 경은이 웃으니까 나도 웃음이 나왔다. 웃는 나를 보고 경은이 더 크게 웃더니 급기야 양손으로 배를 감싸고 발을 굴렀다. 어이없어, 진짜. 나는 억지로 정색하며 웃음을 멈췄다. 그래도 입술 사이로 피식피식 숨이 빠져나오고 몸이 들썩거렸다. 안 웃겠다고 다짐할수록 웃음이 났다. 그 꼴을 본 경은이 급기야 내 팔을 때리며 웃어댔다. 아, 웃기지 말라고! 우리는 허술한 저주에 걸린 것처럼 내내 웃었고, 학원 차가 올 시간에 맞춰 벤치에서 일어났다. 여전히 피실피실 헛웃음이 나왔다.

미친 것 같잖아, 우리.

아까 뭐가 그렇게 웃겼지?

낙엽만 굴러도 웃을 때 맞나 봐. 분하군.

내가 학원 차에 탈 때까지 경은이 바깥에 서 있었다. 나는 창을 열고 경은을 향해 손을 흔들었다. 경은도 손을 흔들었다. 차가 출발한 후로는 멍하니 창밖만 바라봤다.

그런데 정말 뭐가 그렇게 웃겼던 걸까?

아까 웃었던 게 내가 아닌 것처럼 느껴졌다. 여전히 귀가 아팠다. 귓불이 아니라 뜨끈하게 데운 구슬 한 쌍을 달고 다니는 기분이었다.

귓불의 부기가 점차 가라앉고, 아침이면 교복 마이를 입고도 한기에 몸이 부르르 떨릴 때쯤, 생리를 시작했다.

나는 덤덤히 받아들였다. 그런데 받아들이지 않는다면 무슨 일이 일어날까?

등교 전이었다. 팬티 안쪽에 검게 굳은 피를 보니 배꼽 아래 깊숙한 데가 묵직하게 아프기 시작했다. 화장실에서 나와 새 팬티를 꺼내 왔다. 피 묻은 팬티는 손빨래하고 변기에 앉아 새 팬티를 무릎에 어정쩡하게 걸치고는 생리대를 붙였다. 평생 해온 일처럼 익숙했다.

갖고 있던 생리대는 학교 앞에서 키가 크고 날씬한 언니들이 나눠준 것이었다. 판촉용 생리대는 세 개씩 포장되어 있었다. 경은과 함께 그걸 받은 어느 날, 난 아직 생리를 하지 않으니 다 가지라고 하며 그걸 경은에게 내밀었다. 너 아직 생리 안 해? 엄청 부럽네. 경은은 제가 받은 생리대를 오히려 내게 건넸다. 생리 시작했는데 그때 없으면 어떡해. 미리 챙겨둬. 그날 나는 학원 수업을 마치고 집에 돌아와 오래 샤워를 하고 팬티에 생리대를 부착했다. 언제 시작될지 모를 생리를 대비해 생리대를 한 채로 누웠다. 영 불편했지만 참았다. 정말 내가 생리를 할까? 먼 일, 혹은 내게는 일어나지 않을 일처럼 느껴졌다. 그랬던 내가 몇 달 만에 이렇게나 아무 감정 없이 팬티에 생리대를 붙이다니.

학교에 가서는 책상에 가방만 내려놓고 라디에이터 위에 젖은 담요처럼 누워 있는 경은에게로 갔다. 경은은 누운 채로 손만 위로 뻗어 내게 인사했다.

나 생리 시작했어.

나는 작게 속삭였다.

오?

경은이 몸을 일으켜 세웠다. 너도 이제 고통 시작이구나. 경은이 내 등을 퍽퍽 쳤다. 내 몸이 웅웅 울렸다. 2교시가 끝나고 매점에 다녀온 경은이 내가 엎드려 있는 책상 위로 딸기우유와 초콜릿을 내려놨다. 태어나 처음 겪어보는 피로감에 젖어 마른 손으로 얼굴을 쓸어내리는 내게 경은은 진지하게 말했다.

단걸 먹어야 해. 피 흘리는 걸 잊을 수준으로 치명적인 단맛에 젖어 있어야 한다고.

^.^

　방학이 시작되자마자 세탁소에 맡겨둔 교복을 해가 지기 전에 찾아왔다. 입술이 묘하게 구겨진 세탁소 아저씨는 길이 얼어 미끄러우니 조심히 들고 가라고 내게 말했다. 구겨진 입술에서 나오는 다정한 말. 세탁소 아저씨에게 새해 복 많이 받으세요, 말하니 아저씨가 나를 가만히 보다가 학생도 새해 복 많이 받으라고 답해주었다. 세탁소의 훈기가 느껴지는 교복을 끌어안고 조심히 집으로 돌아왔다. 교복은 그대로 옷장에 걸렸다. 이제 두 달은 입지 않을 것이었다.

　눈 감았다 뜨면 겨울이고, 눈 감았다 뜨면 올해가 다 가고.

나는 거실의 할머니 옆으로 가 앉았다. 소쿠리에 쌓여 있는 군고구마 하나를 집어 껍질을 벗겼다. 할머니가 목이 막히니 동치미와 함께 먹으라고 했다.

세월이 쏜살이다, 쏜살이야.

하지만 나는 할머니의 말에는 크게 관심이 없었다. 할머니가 내 몫으로 준 고구마를 다 먹으면 휴대폰을 내내 들여다볼 심산이었다. 12월 31일이었다. 오전에는 아빠가 광주에 와서 휴대폰을 사주었다. 신상품도 아니고 생긴 것도 투박한 은색 슬라이드폰이라 매장에서는 내내 심통이 났지만 투정을 부렸다간 그 못생긴 휴대폰마저도 안 사줄 것 같아 꾹 참았다.

개통되려면 몇 시간 기다려야 한다고 매장 직원은 말했었다. 아빠는 나를 집 앞에 내려주고는 저녁을 먹고 올 테니 할머니에게 상 차리지 말라고 전하라며 어딘가로 가버렸다. 또 어디선가 술을 와장창 마시고 들어오겠지. 가끔 집에 오는 날에는 항상 그런 식이었다. 밤에 집으로 전화가 걸려 오면 나는 아빠를 맞으러 아파트 단지 앞으로 나가야만 했다. 멀리서 휘청거리는 아빠를 보면 그 옆으로 가 부축 아닌 부축을 해주어야 했다. 그게 아빠가 딸에게 받는 사랑이었다. 아빠는 뭉개진 발음으로 자식 키운 보람이 있다고 말했다. 내일이면 잊을 보람 뭐 하러 느끼나 싶었지만 꾹 참았다. 아빠는 내가 기분을 상하게 하면 용돈을 단칼에 끊어버리곤 했다. 휴대폰도 몇 번이나 볼모가 되었었다. 하여튼 그놈의 성질이 문제였다.

돈 가지고 이러는 거 정말 재수 없어. 하지만 오늘의 나는 괜찮다. 드디어 바라던 휴대폰이 생겼으니까. 이제 경은과 전화하기 위해 거실의 집 전화기를 쓰지 않아도 된다. 할머니와 할아버지에게 나 때문에 전화 요금이 많이 나온다는 잔소리를 들을 필요도 없고, 내가 전화 건 게 아니라 친구가 먼저 건 거라는 거짓말을 하지 않아도 된다. 나는 고구마 속살에 닿지 않은 손가락으로 휴대폰을 수시로 눌러봤다. 동치미 무를 와작와작 씹으며 기다렸다. 곧 휴대폰 화면에 안테나 모양이 떴다. 할머니 나 저녁 안 먹을래. 고구마 때문에 배불러. 나는 조금 남은 고구마를 한입 가득 넣고 씹었다. 다 먹고는 화장실에서 손을 씻고 아예 양치까지 하고 나왔다. 그래도 밥은 먹어야 한다는 할머니의 말을 뒤로하고 방에 들어갔다. 이불 속에서 휴대폰을 열고 1번을 길게 눌렀다.

여보세요?

경은아, 나 나진이.

헐! 폰 샀어?

나는 킥킥 웃으며 그렇다고 했다. 새해 복 많이 받아. 내가 그렇게 말하자 경은도 내 말투를 흉내 내며 똑같이 말했다.

단축 번호 1번은 경은, 2번은 집, 3번은 아빠로 했다.

경은은 ☆경은★으로, 집 전화번호는 집으로, 아빠는 아빠라고 저장했다.

나는 다이어리 뒷면에 적어둔—그러나 이미 외운—엄마의 휴대폰 번호를 새 연락처에 입력하고 이름을 무어라 정할지 고민했다. 몇 개의 이모티콘을 만들어보다 결국 ^.^로 하기로 했다. 엄마가 웃을 때와 좀 비슷한 느낌이었다.

단축 번호 4번을 엄마로 하려다가 숫자가 4인 게 마음에 걸려 5번으로 했다. 5를 꾹 누르면 ^.^에게 전화가 갈 것이다.

나는 다음 날 아침 일찍 ^.^에게 휴대폰이 생겼다고 문자를 보냈다.

곧 휴대폰 진동이 울렸다. ^.^가 보낸 답장이었다.

잘됐다, 딸. 새해인데 엄마가 만나러 가지 못해서 미안해.

방

 초인종이 울린 것은 할머니가 한참 새로 자란 꽃대에 대해 말하던 중이었다. 사실 새로 자란 꽃대는 아니었는데, 할머니에게는 겨우내 경탄하고 축복할 일이었던 것 같다.
 데이케어센터에서 온 두 중년 여자가 익숙하게 집 안으로 들어왔다. 매주 수요일 오후에 오신다고 했다. 어머 손녀딸이 아직 집에 있구나. 한 명이 웃으며 나에게 눈인사했다. 나는 그들을 지난주에도 보았다.
 어머니, 뭐 하고 계셨어?
 뭐 하기는, 점심 먹고 화분 정리했지.
 아이고 어머니 정말 부지런도 하셔. 꽃나무가 더 많아졌나?

아이 저거 봐라. 저거가 그때 저 약국 주인이 못 키우겠다고 버리려던 걸 내가 그럼 나 주쇼 해서 가져온 건데, 저거 봐라. 얼마나 푸릇허니 잘 자라는지. 혼자 봄처럼 자란다.

그러게. 어머니가 워낙 잘 키우시니까 그렇지.

한 명이 이야기를 주고받는 동안 다른 한 명이 큼직한 가방에서 혈압 측정기와 클립보드를 꺼냈다.

자 혈압 한번 재볼게요.

할머니의 오른 팔뚝에 채운 커프가 천천히 부풀었다. 할머니는 말없이 바닥을 내려다보았다.

어머니, 혈압이 높게 나와.

그러게요. 조금 높네요.

어머니, 아침에 약 드셨지?

약은 먹었지.

그런데 왜 높게 나올까? 밥은 어떻게 드셨어?

맨 똑같이 먹었지.

어머니, 우리가 다음번에도 와서 좀 신경 써서 볼게요. 일단은 목욕차 왔으니까 목욕하러 가요.

그래야지. 목욕하러 가야지.

한 명이 가방을 정리하는 동안 다른 한 명이 할머니를 일으켰다. 좀만 기다려보게. 옷을 좀 입고. 할머니는 안방으로 들어가서 털모자와 패딩 코트를 챙겨입고 거실로 나왔다.

그나저나 손녀가 와서 오래 있으니까 어머니 엄청 좋겠네.

좋지.

옛날이야기도 많이 하고 그러셨겠네.

그런데 우리 손녀는 말을 안 해. 조잘조잘 말을 많이 해야 좋은데.

할머니를 부축해 현관 쪽으로 가던 한 명이 나를 돌아보았다. 콧잔등을 찌푸리며 웃길래 나도 멋쩍게 웃었다.

말이 많아도 좋고 말이 없어도 좋아. 근데 말이 많으면 더 좋지.

거참 이상스러운 뒤끝이네. 나는 할머니가 문을 닫고 나갈 때까지 쉴 새 없이 나의 말 없음에 대해 말하는 것을 들어야 했다.

할머니가 목욕하는 동안 나는 청소를 좀 제대로 해봐야겠다는 생각이 들었다. 기합을 넣고 부엌 옆방에서 청소기를 꺼냈다. 먼저 베란다 창을 모두 열고 거실에 깔린 누빔 매트를 탈탈 털었다. 피어오른 먼지가 오후의 빛을 받아 반짝 빛났다. 매트를 접어두고 청소기를 돌리기 시작했다. 밥도 먹고 잠도 자는 거실이라 바닥에 뭐가 많이도 떨어졌는지 청소기 흡입구 안에서 타닥타닥 무언가가 부딪히는 소리가 났다. 부엌도 지저분하긴 매한가지라 구석구석 청소기로 머리카락이나 언제 떨어졌는지 모를 고추씨 같은 것들을 빨아들였다. 부엌 옆방은 넘어가고 안방으로 들어갔다. 침대 위에 할머니의 옷가지가 멋대로 놓여 있었다. 그걸 다 개어서 침대 구석에 두고 바닥에 깔린 이불—할머니는 침대에서도 자고 바닥에서도 자는데 어떨 때 어디에서 자는지에 대한 기준은 아직 나도 모르겠다—도 탈탈 털어 개어두었다. 안방까지 청소기를 돌리고 현관문 오른쪽 방, 그러니까 나의 짐이 놓인 손님방을 간단하게 청소한 후에 고모 방까지 해야 하나? 잠시 고민했다. 사람이 드나들지 않아도 먼지는 쌓이니까 하는 게 좋을 것이다.

현관문 왼쪽 방의 문을 열었다. 예전에 쓰던 옷장과 5단 서랍장은 다른 것으로 바뀌었지만 고모의 좌식 화장대만은 여전했다. 어릴 때 내가 쓰던 컴퓨터 책상의 상판과 서랍장은 사라지고 책장만이 고모의 방에 남아 있었다. 거기엔 고혈압 환자를 위한 몇 개의 지침서와 스프링 노트, 언젠가 내가 읽었던 《어린 왕자》와 《그리고 아무도 없었다》가 나란히 꽂혀 있었다. 개어둔 요 위로 고모가 베고 잤을 베개가 있었다. 바닥을 청소기로 훑은 뒤에는 괜히 화장대 문을 열어봤다. 새 기초 화장품 몇 개와 면봉, 화장솜이 박스째로 있었다. 색조 화장품은 앞에 나와 있는 게 전부인 듯했다. 립스틱 두 개와 아이섀도 팔레트 하나. 아니지. 어쩌면 고모가 짐 가방에 화장품을 챙겨 넣고 남겨둔 게 이것뿐일지도 모른다. 하지만 지난 몇 년간 내가 명절에 가끔 광주에 왔을 때 본 고모의 얼굴엔 화장기가 없었다.

 옷장을 없앤 자리에는 행거가 있었다. 먹색 후드집업과 등산복 소재의 카키색 재킷, 비슷한 소재의 바지 몇 벌이 걸려 있었고 고모의 유일한 정장 원피스는 비닐에 싸여 있었다. 그 옷은 고모가 경조사 때만 입는 옷이었다. 행거 옆 3단 서랍장에는 여름옷과 속옷, 잠옷이 곱게 개어져 있었다. 사계절을 나는 옷이 겨우 이것뿐이라니. 미니멀리즘의 대가인가 작게 경탄하다가도 마음이 복잡해지는 것은 어쩔 수 없었다. 엉덩이와 허벅지가 딱 붙는, 뒷주머니에 별 모양으로 비즈가 박힌 청바지라거나 패드가 두툼한 브래지어, 내가 보기엔 좀 조잡스럽긴 했지만 어쨌거나 고모가 즐겨 입었던, 단추 혹은 레이스 혹은 무언가로 장식된, 몸에 적당히 달라붙는 니트와 티셔츠 같은 것들. 그런 것들이 다 소거된 고모. 언제부터였지. 고모가 그런 것들을 없애고 단출해졌던 순간. 주름진 씨앗, 아니면 동그랗게 구겨진 종이처럼 몸피를 줄이고 단단해져버린 것은. 더 이상 깨질 게 없는 사람처럼 작아진 것은. 2년 만에 이혼하고 다시 집에 돌아왔던 순간, 아니면 할머니가 쓰러졌던 순간. 그 사이였나? 그런 변화는 한순간에 일어나지 않을 것이다. 고모는 무언가에 번져가듯 천천히 변했을 것이다.

너도 목욕해라.
갑자기?
목욕해라. 나는 뭔 때가 국시처럼 나오는가 한도 끝도 없어갖고 목욕시켜주는 사람도 웃고 나도 웃었네. 너도 목욕해라. 개운하니 좋다. 화장실에 때타월 있으니까 해라.
에이 나는 안 할래.
해라, 해. 너는 때도 안 나오냐?
집에 돌아온 할머니는 한참 목욕이 주는 개운함에 대해 설파하더니 효, 하는 한숨과 함께 베란다에 갔다. 아까 본 꽃대를 다시 보며 마치 처음 본 것처럼 경탄했다. 아까 그 아줌마한테 이것을 나눠줄 걸 그랬다. 좋아했을 것인데.
저녁으로는 김칫국을 끓였다. 콩나물이 있으면 좋았을 텐데. 김치냉장고와 냉장고에는 온갖 김치와 장만 잔뜩 있고 채소가 별로 없었다. 아무래도 장을 봐야겠네. 나는 밍

숭맹숭한 김칫국을 국그릇에 담으며 생각했다. 또 할머니가 맛없다고 뭐라 하겠지 싶었다. 아무래도 요리에 참견하려는 걸 제발 한숨 자고 쉬고 좀 그러라고 부탁해서 할머니가 부엌에 오지 않고 있었다. 김칫국에 동치미에 파김치에 조미김이라니. 김치 없이 못 사는 민족이라지만 이것은 좀 너무한 거 아닌가 싶을 정도의 찬이었다. 나는 사과 반 개를 깎아 작게 조각내었다. 작은 주전자—놀랍게도 내가 초등학생 때 고모가 커피 물을 끓이던 그 주전자와 같다—에 보리차를 끓여 차가운 보리차와 섞어두었다.

저녁 드시라는 말에 할머니는 안방의 문을 열고 발을 슬슬 끌며 천천히 나왔다. 어째서인지 내가 요리만 하면 눈에 장난기가 찼다. 요것이 또 뭘 했나 궁금해서 참을 수 없어 하는 눈빛이었다. 김칫국을 떠먹은 할머니는 이번엔 나의 요리 실력에 대해 별말을 하지 않았다. 대신 이 김치가 누가 만든 것인지, 그 누구는 어떤 삶을 살아왔고 누구의 자식은 무엇을 하고 있으며 벌써 손주를 봐서 명절이면 와글와글하다는 이야기를 했다.

내일은 장을 좀 봐야겠어.

나는 할머니의 말을 끊으며 말했다. 사과를 씹던 할머니가 고개를 들어 나를 봤다.

뭐 살라고.

사과가 떨어졌으니까 사과도 사고…… 할머니 뭐 먹고 싶은 거 있어?

나는 먹고 싶은 거 없다. 이거면 1년이고 2년이고 먹어.

할머니는 눈을 내리깔아 반찬이 담긴 그릇들을 보며 말했다.

할머니 돼지고기 좋아하잖아.

좋아는 해도 별로 먹고 싶지가 않다.

할머니 생선도 좋아하잖아.

냉동실에 생선 한가득이구만. 그런데 네가 생선 구울 줄 아냐?

음…… 생선을 구워본 적 있었던가? 떠올릴 기억이 없는 걸 보니 한 번도 구워본 적 없는 것 같았다.

한번 구워볼까?

에이 됐다. 오븐도 고장 나고 프라이팬에 하면 냄새가 아주 난리가 나고.

할머니, 원하는 걸 말해봐. 진짜 해준다니까. 별로 없는 기회인데.

어쩌면 마지막일 수도 있지. 고모가 언제 돌아올지 모르니까. 나는 이런 말은 하지 않고 할머니가 뭐라도 말해보기를 기다렸다. 할머니는 김칫국을 한 번 떠먹고 밥을 한술 뜨고는 내내 씁느라 말이 없었다.

희라한테 전화 좀 해봐라.

나는 조금 놀라며 왜 그러느냐고 물었다.

통 연락이 없으니 궁금해 죽겠다.

여행 갔는데 뭘. 연락하면 고모도 괜히 신경만 쓰이지.

뭣이 신경 쓰여. 목소리 들으면 좋지. 전화해서 언제 오는지 물어봐라.

왜? 나랑 있는 게 싫어?

할머니가 대답을 하지 않았다. 할머니 진짜 나랑 있는 게 싫어? 나는 되물었다. 이번에도 할머니는 대답이 없었다.

너는 서울에서 일도 안 하냐?

할머니 왜 갑자기 시비야.

할머니가 나를 빤히 보다가 에잇, 소리 내며 숟가락을 내려놓고 젓가락을 쥐어 파김치 한 줄기를 집어 먹었다. 못하는 말이 없다 너는. 파김치를 질겅질겅 씹었다.

나는 할머니보다 밥을 빨리 먹고 부엌으로 가서 수요일-저녁 약과 미지근한 보리차, 유산균과 양배추 환을 챙겼다. 일이야 나도 하지…… 속으로 구시렁거렸다.

일주일이 넘도록 아침 6시에 일어나고 있는데도 늦은 밤까지 잠이 오지 않았다. 정말이지 수면 부족의 나날이었다. 밀린 잠을 자는 시기가 있다면 나는 몇 달 아니 몇 년은 깨지 못할 것이 분명했다. 모든 사람이 셋 둘 하나 시작, 하고 밀린 잠을 자기 시작한다면 세상은 아주 조용해질 것이다. 늘 충분한 수면을 취해왔던 사람들만 개운하게 일어나서는 고요한 세상을 돌아다니며 어리둥절해하겠지.

이불 속에 엎드려 누워 유튜브에 snowboard를 검색했다. 조회수가 높은 영상 하나를 선택했다. 눈밭이 화면에 가득 찼다. 곧 누군가의 얼굴이 화면에 잡혔다. 수염이 덥수룩한 백인 남자가 고글을 쓴 채 환하게 웃고 있었다. 눈밭에서는 꼭 눈을 보호해야 한다고 어디선가 읽었던 게 기억났다. 태양 빛이 매끄럽게 쌓인 눈에 반사돼 시력을 잃은 사람들이 있다고 했다. 카메라는 설산에서 보드를 타는 사람의 뒤를 따랐다. 보더가 경사진 눈밭을 질주했다. 빼곡한 침엽수 사이로 흐르듯 미끄러졌고 옆으로 몸을 틀 때면 쌓인 눈이 포말처럼 부서졌다. 보더는 언덕에서 떨어지며 공중제비를 돌았다. 20분가량 이어지는 영상을 보는 동안 나도 모르게 발가락에 힘을 줬다. 목숨을 가슴팍에 내놓고 달리는 것만 같았다. 영상을 끝까지 보고 길게 숨을 뱉었다.

보는 것만으로도 숨이 찼다. 엎드려서 본 탓도 있었겠지만.

    정말 고모가 이런 걸 한다고? 고모는 스노보드를 타러 간다고 내게 말은 했지만 정말 스노보드를 타러 갔다는 증거는 하나도 없었다. 스노보드와는 전혀 상관없이 집을 나갔을 수도 있었다. 나는 고모를 떠올렸다. 멍하니 텔레비전을 보는 고모. 무언가를 먹는 고모. 잠든 고모. 무표정. 무표정의 고모. 아무리 생각해도 그 이상의 고모를 떠올릴 수가 없었다. 나는 고모에 대해 아는 게 별로 없었다.

잠

새벽부터 눈이 온다고 했다.

눈 오는 날은 무슨 일이 일어나도 조금은 조용해진다. 눈은 소리를 머금고 고요히 쌓인다.

삭 삭 삭 삭
훅 훅 훅 훅

삭 삭 삭 삭
훅 훅 훅 훅

할머니가 제자리걸음 하는 소리를 꼭 진공 상태에서 듣는 것만 같구나. 나는 또 꿈속에서 허우적거리고 있는데 할머니의 제자리걸음이 나를 꿈속에 빠뜨리는 걸까. 하지만 사람은 매일 수십 개의 꿈을 꾸고 그중 한두 개만 겨우 기억하는 거라고 했다. 책에서 읽은 것 같다. 그러니까 어쩌면 할머니가 건강을 위해 새벽에 삭삭삭삭 훅훅훅훅 제자리걸음 할 때 나는 잠시 깊은 잠 속에서 건져져 잠의 요철 같은 꿈을 하나하나 더듬고 있는지도 몰라. 점자 같은 나의 꿈들. 모르는 점자를 내내 더듬는 밤.

나는 꿈속에서 누구도 기다리지 않는 척하며 누군가를 기다렸다. 낯선 길이었다. 나는 가로등 아래 있었다. 가로등 빛을 받아 창백해 보이는 나의 얼굴을 꿈꾸는 내가 보았다. 나는 기다리지 않는 척, 그러니까 괜히 신발코를 길바닥에 콕콕 찧는다거나 외투 주머니에 넣었던 손을 빼서 기지개를 켠다거나 주위를 뱅글뱅글 작게 맴돌았다. 기다리지 않는 척하는 모습이 정말이지 누군가를 간절히 기다리는 모습처럼 보였다. 꿈속 내가 기다리는 사람은 도대체 누구일까. 꿈꾸는 나와 꿈속 나는 생각이 이어져 있어 금세 알 수 있었다. 꿈꾸는 나와 꿈속의 내가 동시에 말한다. 사랑하는 사람이야. 나는 사랑하는 사람을 기다리고 있어.

그런데 내가 사랑하는 사람이 누군데?

미지근한 손이 나의 얼굴을 쓸어내렸다.

아침에 일어나 커튼을 걷었다. 베란다 창으로 주차장을 내려다보니 주차된 차 위에 눈이 소복이 쌓여 있었다. 온통 하얬다.

희게 빛나는

아무래도 연락을 해봐야겠지. 고모의 방에 대자로 누워 생각했다.

고모가 약속한 날에서 일주일이 더 지났다. 짧으면 3일이지만 더 길어질 수도? 고모가 집을 나가기 전에 했던 말을 다시금 곱씹었다. 열흘은 3일에서 더 길어지는 수준이라고 할 수 없지 않나? 3일의 세 배하고도 하루를 더해야 하는걸.

연락해야겠다고 마음을 먹은 후에는 전화를 하는 게 좋을지 메시지를 보내는 게 좋을지 고민했다. 지금은 오전 8시 10분. 고모라면 일어났겠지만, 이 시간에 전화를 받고 싶은 사람이 누가 있을까 싶어 메시지를 보내기로 했다. 그런데 어떻게? '고모, 언제 와?' 어린아이가 된 기분이라 이렇게 보내기는 싫었다.

할머니는 거실에서 생활 정보 프로그램을 보고 있었다. 우와아. 방청객들이 감탄하는 소리가 파도처럼 밀려왔다. 나는 메신저 앱에 들어가 고모를 찾았다. 고모는 프로필 사진도 설정해두지 않았다. 어떻게 보낼까 고민하다 아무렇지 않게, 쿨하게 보내기로 했다. '고모, 화장품 좀 쓸게.'

이불을 덮고 누울까. 구석에 있는 요를 보며 잠시 고민하다가 말았다. 적당히 서늘한 장판 위가 좋았다. 이 방이 내 방이었을 때는 바닥에 누워본 적 없었던 것 같다. 그래서인지 뭔가 낯설었다. 방이 좀 작아 보였다.

고모가 2년 만에 다시 집으로 돌아왔을 때, 나는 고모에게 이 방을 다시 돌려주어야 하나 고민했다. 내 고민이 무색하게 고모는 부엌 옆방, 그러니까 임시의 방에 자연스럽게 짐을 풀었다.

그때 고모는 유령 같았다. 고모는 할머니, 할아버지와 함께 밥을 먹지 않았고 함께 외출하지도 않았다. 낮에 집에서 고모를 마주할 때마다 무슨 말을 해야 할지 몰라 당황스럽기만 했다. 고모는 통통했던 볼이 꺼져 다른 사람처럼 느껴졌다. 고모가 점점 더 낯설어지고 있었다. 할머니와 할아버지가 잠든 밤에야 고모는 거실로 나와 텔레비전 소리를 아주 작게 줄이고 어둠 속에서 내내 화면을 봤다. 나는 화장실에 갈 때마다 그런 고모의 옆모습을 보았다. 고모의 얼굴 위로 창백한 텔레비전 빛이 일렁였다. 고모는 2, 3시쯤 텔레비전을 끄고 다시 방으로 갔다. 나는 대개 그 시간까지 방에서 라디오를 들었다. 그때까지 자지 않는 사람이 나 혼자가 아니라는 사실에 나는 조금 안도했을까?

두 달간 그런 시간을 보내던 고모가 다시 일을 나가기 시작했는데 나는 그 사실을 나중에야 알게 되었다. 아침과 낮에 고모의 인기척이 들리지 않아 의아해하기만 한 게 몇 주 됐었다. 한여름, 고모가 진땀을 흘리며 대형 마트의 로고를 단 이불 세트를 들고 오는 걸 보고서야 아, 고모가 거기서 일하기 시작했구나, 짐작했다.

내복과 니트와 롱패딩을 든든히 챙겨입고 부엌으로 갔다. 개수대 앞에 서서 무장아찌를 느리게 썰고 있는 할머니에게 장을 봐 오겠다고 말했다. 할머니는 뒤돌아 나를 흘낏 보더니 사과는 마트에서 사지 말고 꼭 마트 옆에 있는 과일 가게에서 사야 한다고 했다.

희게 빛나는

큰길에 면한 대형 마트에 가려면 골목을 걸어야 했다. 이쪽에 영어 학원이 하나 있지 않았나? 4층짜리 작은 건물에 달린 학원 간판까지 기억에 선명한데 1층은 중고 가전제품을 매입하는 곳으로 바뀌어 있었다. 위층은 간판도 없고 유리창에 먼지만 가득한지 어두컴컴했다. 아이들이 줄어서 학원도 다 사라지나? 그런 생각을 하면서 눈이 얇게 쌓인 길을 좁은 보폭으로 걸었다. 미끄러지면 큰일이니 주머니에서 손을 뺐다. 걸으면서 한 명의 아이도 보지 못했다. 너무 추워서 아이들은 밖에 나오지 않는 걸까? 놀이터에는 병원복 위로 패딩을 입은 노인 둘이 느리게 걷고 있었다. 놀이터를 지나 의자 판매점과 종합병원을 지나 내리막길을 걸었다. 균형을 잡으려고 양팔을 옆으로 뻗었다. 펭귄도 아니고 이게 뭐람. 스스로가 조금 웃겼다. 큰길로 나와 육교와 횡단보도 중에 고민하다 횡단보도 신호가 초록불로 바뀌었길래 곧장 그쪽으로 걸었다. 맞은편 길에 본 적 없던 높은 건물이 몇 채 있었다. 그중 한 건물의 간판이 아까 기억 속에서 더듬었던 학원이라 나는 잠시 의아해하다가 아아 잘돼서 이전한 거구나, 작게 끄덕이고는 마트가 있는 쪽으로 걸었다.

    대형 마트의 외관은 전에 비해 낡았지만 내부는 여전히

깨끗하고 밝았다. 어렸을 때처럼 화장품 가게를 잠시 둘러보다가 필요한 게 없어서 빈손으로 매장을 나왔다. 카트를 하나 끌까 고민하다가 많이 사면 살수록 돌아가는 길이 괴로워지니 포기하고 들고 다닐 수 있는 플라스틱 바구니를 챙겼다. 사과는 과일 가게에서 사라고 했으니까 패스. 신선 코너로 가 달걀 열 개들이 하나를 바구니에 넣었다. 할머니가 좋아하는 과자를 두 봉지 고르고 내가 좋아하는 과자도 한 봉지 골랐다. 괜히 정육 코너를 둘러보다 양념돼지갈비가 세일하길래 한 팩 집었다. 할머니는 돼지고기 좋아하니까…… 뭐라고 하지 않을 것이다. 주류 코너에서는 더 많은 시간을 보냈다. 들고 갈 수 있는 무게는 한정되어 있으니 딱 두 캔만 사려고 신중히 맥주를 골랐다. 두 캔을 바구니에 넣은 다음 진지하게 무게를 가늠해봤다. 한 캔 정도는 추가해도 괜찮지 않을까? 고민하다가 맥주를 하나 더 집어 바구니에 넣었다. 하지만 네 캔을 사야 할인이 되는데…… 결국 한 캔 더 집었다.

  이곳에서 고모는 그릇이나 이불 같은 주방용품과 생활용품을 팔았다. 주방용품과 생활용품을 함께 판 것은 아니고 어느 시기에는 주방용품을, 어느 시기에는 생활용품을 파는 식으로 일하는 코너가 주기적으로 바뀌었던 것 같다.

나는 가끔 고모가 일하는 모습을 보기도 했다. 경은과 하릴없이 마트의 곳곳을 구경하다가 그릇 세트 매대 앞에서 손님을 응대하는 고모를 보거나 상품 박스를 들고 잰걸음 하는 고모를 보는 식이었다. 그러면 나는 경은의 손을 끌고 다른 쪽으로 갔다. 왜 그래? 경은이 물으면 고모가 여기서 일하거든, 하고 답했다. 그런데 왜 도망을 가? 그 말에는 대답을 제대로 못 했을 것이다. 왜 나는 도망갔을까? 층고 높은 마트의 창백한 불빛 아래서 유니폼을 입고 일하는 고모는 얼굴에 미소를 띨 때도, 평생 웃어본 적 없다는 듯이 얼굴이 단단하게 굳어 있을 때도 있었다. 그런 고모에게 다가가 인사를 하는 상상을 해본 적도 있었다. 나는 살갑게 인사를 하고 고모는 조금 놀랐다가 나를 보며 희미하게 웃는 식으로. 실제라면 절대 일어나지 않을 일 같았다.

그즈음 고모는 교대 근무를 하느라 아침에 나갈 때도 있었고 오후에 나갈 때도 있었다. 나는 학교 갈 준비를 하다가 고모를 마주하기도 했다. 거실에서도, 식탁에서도, 우리는 별말이 없는 사이. 눈치로 대강의 상황을 아는 사이. 그러니까 얘는 여름방학이 끝났구나, 오늘 고모는 오전 출근이구나, 정도였다.

어깨가 가방끈에 짓눌렸다. 그래도 튼튼한 장바구니를 가져와서 다행이었다. 맥주 네 캔은 역시 무리였던 것 같지만. 마트를 나와 옆 골목으로 들어갔다. 할머니 말로는 이쯤 과일 가게가 있다고 했다. 조금 걸으니 저 멀리 색색의 과일이 길가까지 나와 있는 가게가 보였다.

사과가 담긴 바구니 앞에서 골똘해지자 중년의 여자 사장이 사과를 골라주었다. 믿어도 되는 걸까 싶었지만 '그 사람이 참 인상도 좋고 양심적으로 장사를 한다'는 할머니의 말을 떠올리고 믿기로 했다. 사장이 푸른색 비닐봉지에 사과를 담아주었다. 나는 오른쪽 어깨에는 장바구니를 메고, 왼손엔 비닐봉지를 들고 감사합니다, 인사했다. 사과는 지갑에 있던 현금으로 계산했다. 마트에서는 고모가 준 생활비 카드를 썼으니 사과 정도는 내가 사야지.

고모가 돌아오면 카드와 함께 영수증까지 줘야 하나? 회사도 아닌데 그런 걸 증빙까지 할 필요가 있을까? 집으로 돌아가는 길에는 엉뚱한 생각을 했다. 어쩌면 카드를 쓴 순간에 고모에게 결제 알림 문자가 갔을지도 모른다. 아껴 쓰라고 했는데 돈을 많이 썼다고 내게 뭐라 하지는 않겠지. 맥주를 산 사실은 고모에게 숨겨야겠다. 영수증을 찢어버려야겠다. 아직까지 고모에게서는 답장이 없었다.

생각해보니 고모는 집에서 술을 마신 적은 한 번도 없었다. 백화점에서 일할 때 술에 왕창 취해 들어오기는 했지만 그것도 그때뿐이었다. 다시 집으로 돌아와 살게 된 후로는 술에 취한 모습을 보이지 않았다. 일하기. 잠자기. 텔레비전 보기. 고모는 오로지 그것만 했다.

어른들은 다 어떤 시기가 지나면 바뀌는 걸까? 초등학교를 졸업하면 중학교를 가는 것처럼. 평생 입어본 적 없는 교복을 받아들이게 되는 것처럼 그렇게. 다시 고모와 살게 된 어린 나는 그렇게 생각했지만 지금의 나로선, 그러니까 기어코 맥주 네 캔을 사는 바람에 장바구니 가방끈에 어깨가 짓눌리는 고통을 참으면서 걸어가는 나로서는 글쎄. 이미 돌이킬 수 없게 어른인 나의 어떤 면들은 전혀 이해되지 않았다. 특히 문구점 앞에 선 나. 그걸 지나치지 못하는 나. 오른쪽 어깨엔 장바구니, 왼손에는 사과 한 봉지가 있으면서도 욕심을 부리듯 문구점에 들어가 얇은 노트 한 권과 펜 한 자루를 사는 나. 나는 너무 나였다. 그게 자꾸만 나를 힘들게 했다. 노트와 펜은 장바구니에 넣었다. 집에 돌아가 무엇이라도 써볼 심산인가. 이유를 모르겠다, 이유를 모르겠네 하며 눈이 얇게 쌓인 길을 조심히 걸었다. 오르막을 걸을 땐 조금 힘에 부쳤지만 평지에서는 장바구니와 비닐

봉지를 바꿔 들었더니 그래도 걸을 만했다.

늦은 밤까지 고모에게서는 답장이 오지 않았다. 메신저 앱에 들어가보니 내가 보낸 메시지는 읽지도 않은 상태였다. 다음 날 나는 고모에게 전화를 걸었다. 발신이 정지된 전화라는 안내 음성이 들렸다.

장면

    숙모들은 가끔 이상했다. 다른 사람과 이야기할 땐 그렇지 않은데, 숙모들끼리 이야기할 때면 늘 소곤거렸다.

    숙모들은 많은 것을 알고 있다. 셋째 숙모는 엄마의 전화번호도 알고 있었다. 그뿐 아니다. 숙모들은 집안의 대소사를 모두 꿰고 있다. 아주 먼 친척 누군가가 무슨 병에 걸린 것까지 다 알았다. 그런 소식들은 도대체 어떻게 전해지는 걸까?

    둘째 숙모가 한참을 소곤거리면 셋째 숙모가 고개를 끄덕이며 그렇죠, 그렇죠, 했다. 그렇더라니까요. 맞아요, 형님. 그게 좋지 않은데 말이에요.

추석 전날이었다. 사촌 동생들은 거실에 모여 앉아 할머니와 함께 송편을 빚었다. 예쁘게 빚어야 예쁜 딸을 낳는 법이다. 겨우 초등학생인 사촌들은 예쁜 딸을 낳는 것에 관심이 없으므로 우주선이라거나 기린 모양의 송편을 빚었다. 아이들은 깨와 설탕을 온 바닥에 흘렸다. 오랜만에 집에 온 아빠는 오전부터 형제들끼리 술을 걸치고 안방에 널브러져 자고 있었다. 고모는 오늘도 일하러 갔다. 아침에 고모가 집을 나갈 때 할머니는 저녁 식사는 같이 할 수 있느냐고 물었다. 고모는 신경 쓰지 말고 먼저 먹으라는 말만 남기고 집을 나섰다. 할아버지는 거실의 소파에 앉아 텔레비전을 보며 아무 말이 없었다. 간혹 자신의 손자들을 내려다보곤 했다. 무언가를 생각했을 것이다. 자식의 자식들을 보며 세월이 많이 흘렀다고, 정말 많이 흘러버렸다고 생각했을지도 모른다.

나는 벌써 열다섯 살이었다. 괴물 모양으로 송편을 빚는 코흘리개들 옆에 있고 싶지 않았다.

나는 겨우 열다섯 살이었다. 일하러 갈 수도 술에 취해 널브러질 수도 없었다. 흘러간 세월 또한 그리 많지 않아 떠올릴 것도 별로 없었다.

경은에게서는 문자가 오지 않았다. 명절이라 큰집에 가

는 중일까? 어쩌면 알을 다 써서 문자를 못 보내고 있을지도 모른다. 나는 부엌으로 들어가 괜히 숙모들 주변을 알짱거렸다. 숙모들은 나물을 볶고 잡채를 버무리고 있었다.

할 일이 없어서 심심하구나? 셋째 숙모가 웃으면서 말했다.

우리가 금방 할 일 만들어줄게. 조금만 기다려. 둘째 숙모가 장난스럽게 말했다.

내가 잡채를 집어 먹는 동안 둘째 숙모는 갓 볶은 나물을 식히려 냄비를 부엌 창가로 옮겼다. 셋째 숙모는 어느새 부엌 한편에 신문지를 깔고 전기 팬을 부엌 옆방에서 찾아와 그 위로 올렸다. 잡채 안 싱겁지? 셋째 숙모가 전기 팬에 불이 들어오는지 손바닥으로 확인하며 물었다. 나는 잡채를 우물우물 씹으며 고개를 끄덕였다. 동서가 간은 기가 막히게 맞추잖아. 둘째 숙모의 말에 셋째 숙모가 소리 없이 웃으며 고개를 끄덕였다.

나는 전의 내용물에 밀가루를 묻히는 역할을 맡았다. 새송이버섯, 새우, 동태, 동그랑땡, 속을 채운 깻잎과 산적까지 순서대로 해내야 했다. 납작하게 썰어둔 새송이버섯의 앞뒤로 밀가루를 묻힌 다음 계란물에 빠뜨렸다. 그러면 전기 팬을 앞에 두고 왼무릎을 세워 앉은 둘째 숙모가 달걀물에서 그걸 꺼내어 팬에 올렸다. 밀가루 묻힌 다음에 탈탈 털어야지. 안 그러면 밀가루 맛이 너무 많이 나서 못써. 둘째 숙모가 내게 말했다. 자글자글 기름 거품이 생기며 전이 노랗게 익어갔다. 숙모들이 허락해줘서 나는 마음껏 갓 부친 전을 집어 먹었다. 사촌 동생들도 기름 냄새를 맡고는 부엌에 들어와 전을 입에 물고 나갔다. 먹는 속도가 만드는 속도를 앞질렀다. 냉장고에 있는 거 다 부쳐 먹어야지 이거 안 되겠네요. 갈비찜의 간을 보던 셋째 숙모가 소쿠리에 남은 전을 보더니 장난스레 혀를 찼다.

나는 달걀 한 판을 사 오라는 임무를 받고 자리에서 일어났다. 내내 앉아 전에 밀가루만 묻히고 있었더니 발이 저렸다. 셋째 숙모가 준 현금을 들고 집 밖으로 나왔다. 위에 입은 티셔츠의 배 부분에 밀가루가 묻어 있었다. 상가 지하의 마트로 걸어가며 탈탈 털었다. 옷 섬유 사이에 끼었는지 아무리 털어도 그 자리가 희끗희끗했다. 달걀을 사서 집으로 돌아오니 송편을 빚느라 거실에 펼쳐놓았던 쟁반들은 사라지고 사촌들이 제 집에서 가져온 팽이 장난감을 가지고 놀고 있었다. 할머니는 그 팽이에 관심을 보이는 척했다. 할아버지는 소파에 그대로 앉아 졸고 있었다. 나는 부엌 쪽으로 갔다. 중문은 닫혀 있었다. 달걀 한 판을 양손으로 들고 있어 검지와 중지로만 문을 살짝 밀었다. 문이 덜컹거리는 소리에 셋째 숙모가 뒤돌아봤다.

달걀이 모자라 전 부치기는 잠시 중단된 상태였다. 송편이 담긴 찜솥은 가스레인지 위에서 흰 김을 뿜어댔다. 숙모들은 부엌 식탁에 마주 보고 앉아 믹스커피를 마시고 있다. 나는 숙모들이 쉬는 시간을 갖는 동안 원래 나의 자리인 것처럼 부엌 바닥에 앉아 달걀을 하나씩 깨서 달걀물을 만들었다.

그건 정말 아니지.

그럼요. 차라리 혼자가 낫죠.

달걀물에 들어간 달걀 껍데기를 검지와 엄지로 집으려고 했는데 쉽지 않았다. 나는 달걀물 안을 손가락으로 헤집으며 숙모들이 속삭이는 이야기에 귀를 기울였다. 맞고 사느니 그게 나아. 그런 건 절대 참으면 안 돼. 둘째 숙모는 거의 내게 들리지 않을 정도로, 거의 성공할 정도로 작게 말했다. 어쩐지 내가 식장에서 처음 보고 인상이 안 좋다고 했어. 내가 분명 동서한테 말했었지? 그랬지? 형님, 이제 그만 말씀하셔요. 거실의 사촌들이 와하학! 아싸! 하며 웃음을 터뜨렸다. 편을 먹고 팽이 싸움을 하다 한쪽이 이긴 것 같았다. 나는 달걀물에서 겨우 껍데기를 꺼내고 달걀 하나를 더 깨뜨리다가 이번엔 달걀을 통째로 달걀물에 넣어 버리고 말았다.

아이, 거기에 달걀을 왜 빠뜨려!

둘째 숙모가 의자에서 일어나 내 맞은편 바닥에 앉았다. 아무런 일도 일어나지 않은 것처럼, 쉬는 시간이 끝나고 2교시가 시작되는 것처럼 전 부치기 시간이 돌아왔다.

나는 열심히 동태살에 밀가루를 묻혀 달걀물에 담갔다. 기계처럼 군더더기 없이 날렵하게 동작을 수행해냈다. 둘째 숙모가 그런 나를 칭찬했다. 동태전도 먹어봐. 간이 맞나 보게. 나는 동태전은 먹고 싶지 않다고 했다. 그래서 둘째 숙모가 먹었다. 조금 싱거운가…… 싱거운 게 몸에 좋지 뭐. 숙모는 중얼거렸고 나는 계속해서 동태살에 밀가루를 묻혔다. 동태살의 표면에 소량의 밀가루만 묻도록 마지막에 탈탈 털었다. 셋째 숙모는 다음으로 부칠 동그랑땡 반죽을 만들었다.

숙모들의 화제는 다른 쪽으로 넘어갔다. 둘째 숙모네 동네에 새로 짓는 중인 아파트에 대한 이야기였다. 나는 매우 침착한 얼굴로 전 부치는 데 일조하며 머릿속으로는 전혀 다른 생각을 했다. 생각이라기보다는 자동으로 재생되는 영상에 가까웠다. 보고 싶지 않은데 상영됐다. 빗금을 그리

장면

며 바닥으로 떨어지는 그릇. 그릇의 파편. 머리채 잡히는 누군가. 뺨이 부어오른 누군가는 고모의 얼굴을 하고 있다. 악다구니. 악다구니. 붉어진 눈자위. 엄마 보지 마! 방에 가! 나를 향해 외친다. 침착하면서도 다급하게. 도대체 침착과 다급이 어떻게 함께 이루어질 수 있는지 모르겠지만 그때만큼은 가능하다.

그러나 고모에게는 아기가 없다.

나는 고개를 바짝 들었다. 머리와 등이 딱딱하게 굳었다. 내가 이미 아는 장면. 알려고 애쓰지 않아도 체득한 것이었다.

나는 동그랑땡 반죽에 밀가루옷을 입혔다. 속을 채운 깻잎에도 밀가루옷을 입혔다. 나의 옷은 점점 밀가루를 뒤집어썼다. 나진이 옷을 다 망쳤네. 셋째 숙모인지 둘째 숙모인지 모르겠지만 내게 그렇게 말했다. 그렇게나 기계처럼 깔끔하게 밀가루옷을 입혔는데도 이런 꼴이 되다니. 달걀옷을 입은 전은 소쿠리에 산처럼 쌓였다. 더는 먹고 싶은 마음이 들지 않았다. 안팎으로 엉망진창인데도 정신은 또렷해졌다. 산적에 꽂은 이쑤시개보다도 뾰족해졌다.

고모는 저녁상이 물러나고 술상이 차려졌을 때 집에 돌아왔다.

아, 오셨어요?

고모는 제 오빠들에게 그렇게 말하고는 방으로 들어갔다. 이제껏 정치와 사회 현안에 대해 한참 열을 내던 아빠가 인상을 팍 찌푸렸다. 둘째 숙부도 인상을 찌푸렸다. 생긴 것도 성격도 다 닮았다니. 형제는 형제구나. 거실 한편의 화장실 앞에서 사촌들과 트럼프 카드로 원 카드를 하고 있던 나는 그들을 보며 생각했다. 누나 차례야. 사촌 중 한 명이 내 팔을 톡톡 쳤다. 나는 낼 카드가 없어서 카드 더미 맨 위에 놓인 카드 한 장을 가져왔다.

희라 너 나와봐라.

둘째 숙부가 소리쳤다. 일순 거실에 찬물이 끼얹어진 것만 같았다. 사촌들은 미어캣처럼 주변을 두리번거리다 소곤거렸다. 이제 네 차례야.

일하고 온 애를 왜 피곤하게 하냐. 아무 말 마라. 거실 소파에 앉아 텔레비전과 제 자식들이 술 마시는 모습을 번갈아 보던 할머니가 말했다.

그래요, 아가씨 밥도 안 먹고 내내 고생했겠구만. 부엌에서 부지런히 과일과 남은 전을 나르던 둘째 숙모가 말했다.

세상일은 혼자 다 하나. 누구는 일 안 하나. 둘째 숙부가 고모 들으라는 듯 크게 말했다. 아빠는 잠시 굳은 얼굴로 숙모가 들어간 쪽—부엌 옆방에 들어갔으므로 부엌 중문—을 보았다. 좋은 날이니까 좋게 좋게 웃자고요. 형제들 다 모였으니 얼마나 좋아요? 셋째 숙부가 맏형과 둘째 형의 술잔을 채웠다. 쟤는 참 어려워. 둘째 숙부가 혀를 찼다. 아빠는 술잔에 담긴 술을 단번에 마셨다. 참 어려운 애야.

원 카드!

사촌 중 한 명이 이겼다. 모두 카드를 내려놓았다. 뒤집힌 카드가 마구 섞였다. 술을 마시던 어른들이 잠시 우리를 보며 흐뭇해했다. 옷을 갈아입은 고모가 부엌으로 나왔다. 중문이 굳게 닫힌 부엌에서 고모는 셋째 숙모가 간단하게 차려준 저녁을 먹었다. 중문의 문살 틈으로 밥 먹는 고모의 구부러진 등이 보였다. 나는 그 모습을 오래 바라보았다. 그 등에서부터 내가 아는 어떤 장면들을 이어가려는 듯이. 얼굴을 보고 싶다. 고모의 얼굴을 제대로 보고 싶었다. 뭔가를 읽어내고 싶었다. 그런 생각을 하고는 스스로 놀랐다. 뭔가 나쁜 생각 같았다.

아 누나 차례라고.

사촌 중 누군가가 내게 말했다. 이번에도 내게는 짝이 맞는 카드가 없었다. 내 손에서 카드는 계속 늘어나기만 했다. 야 하나도 재미없다. 그건 누나가 못하니까 그런 거야.

누나가 계속 지니까 재미가 없는 거야. 사촌 동생의 말에 나는 자존심이 상했다. 코흘리개들에게 지기만 하다니. 너네는 원 카드만 하면서 컸냐? 내가 비아냥거리자 동생들이 킥킥 웃었다. 누나는 원 카드 안 하고 뭐 하면서 컸냐? 누나는 뭘 했냐?

밥을 다 먹고 거실로 나온 고모가 화장실 앞에 오종종하게 모여 앉은 우리를 잠깐 내려다보고는 화장실로 들어갔다. 나는 분명 고모와 눈이 마주쳤다. 고모의 눈에서 나는 무언가를 읽었을까? 고모가 내게서 무언가를 읽어버린 것은 아닐까?

손

 엄마를 만나고 집에 돌아오는 날이면 그날 하루를 되짚어보게 됐다. 방문을 잠그고 가만히 벽이나 책장을 응시하면서 엄마와의 대화를, 엄마의 얼굴을, 그 얼굴이 지었던 표정을 복기했다.
 함께 있던 두어 시간 동안 엄마와 나는 서로의 근황을 끝없이 말했다. 따라잡아야 할 학습 진도처럼, 밥을 먹으면서도 팬시점에서 물건을 고르면서도 끊임없이. 그런 대화는 늘 택시 안에서 마무리되었다. 엄마는 매번 나와 함께 택시를 타고 아파트 앞까지 데려다주었다. 택시 안에서 우리의 대화는 몇 번이나 끊겼다. 오늘 딸을 봐서 엄마는 너무 행복해. 엄마는 그런 말을 하기도 했다. 용돈은 안 모자라? 그러면서 내게 현금을 쥐어주기도 했고. 엄마는 또 나주로 갈 것이다. 이제 엄마는 나주에서 혼자 살지 않았다. 엄마의 집에는 엄마의 남편과 그 사이에서 낳은 아기가 있다.

   학교 수업이 끝나고 학원 셔틀 차를 타지 않았다. 이번에도 엄마는 교문 밖에서 나를 기다리고 있었다. 오랜만이었다. 엄마는 시내에 있는 3층짜리 경양식 집에 나를 데리고 가 함박스테이크 세트를 시켜주었다. 엄마는 돈가스 세트를 먹었다. 못 본 사이에 엄마의 얼굴이 조금 달라져 있었다. 조금 더 피로해 보인다고 해야 할까. 웃을 때 입가의 주름이 더 깊어졌다. 나는 엄마가 못 본 사이에 키가 5센티미터나 컸다. 엄마는 이제 내가 여자 태가 난다고 했다. 나는 교복 소매에 묻은 함박스테이크 소스를 휴지로 대충 문질렀다.
   엄마는 나에게 동생이 생겼다고 말했다.
   동생?
   내가 되묻자 엄마가 마시던 물을 휴지에 조금 묻혀 나의 교복 소매를 닦아주며 고개를 끄덕였다. 남동생이야. 이름은 준우.

성은 뭔데?

송씨야. 송준우.

송준우…….

엄마가 아무리 교복 소매를 문질러도 전처럼 깨끗해지지는 않았다. 주황빛 기름이 남아 얼룩덜룩했다. 이건 집에 가서 빨랫비누 묻혀서 싹싹 잘 비벼야겠다. 딸이 알아서 잘 할 수 있지? 엄마는 뭉친 휴지를 테이블 구석에 두었다. 딸, 옷 신경 쓰지 말고 많이 먹어. 엄마가 조각낸 돈가스를 내 함박스테이크 옆에 덜어주며 싱긋 웃었다. 눈가에 주름이 깊게 잡혔다. 엄마의 남편은 어떻게 생긴 사람일까. 나는 함박스테이크를 어금니로 오래 뭉갰다. 아빠와는 전혀 다르게 생긴 사람이지 않을까. 왠지 잘 웃을 것 같았다. 엄마처럼. 그리고 그런 엄마의 남편과 엄마가 낳은 자식 또한 환히 웃을 줄 아는 아이일 것이다.

집으로 돌아와 방문을 잠갔다. 가방에서 책을 꺼냈다. 엄마가 시내의 서점에서 사준 것이었다. 책을 책장에 꽂아두고 가지런한 책등을 물끄러미 보다가 엄마가 낳은 아이를 나의 동생이라고 할 수 있는지 생각해봤다. 그 아이와 나는 가족일까? 우리는 남매일까? 엄마가 다른 형제는 이복형제라고 한다. 그렇다면 아빠가 다른 형제는?

나는 컴퓨터를 켜서 포털사이트에 검색해봤다. 이부형제라는 답을 금방 찾을 수 있었다. 엄마가 다르면 그저 배腹가 다른 것이면서 아빠가 다르면 아버지父가 다르다고 한다니.

하지만 그 아이와 나는 이부형제라고 할 수도 없었다. 나는 그 아이를 평생 볼 일이 없을 것이다. 어쩌면 이제 엄마도 보지 못하게 될 수도 있다. 엄마는 절대 그럴 일은 없다고, 전처럼 자주 광주에 오진 못하겠지만 그래도 꼭 시간을 내어서 날 만나러 오겠다고 택시에서 당부했지만 나는 엄마가 나를 보러 오지 않아도 상관없었다. 나진이는 엄마의 하나뿐인 소중한 딸이야. 엄마는 양손으로 나의 양손을 붙잡으며 말했다. 엄마의 손은 따뜻했다. 정말이지 적당하게 따뜻했다. 엄마의 손안에서 가만히 주먹 쥐었다. 나에게 두 손이 있고 엄마에게 두 손이 있다. 두 손과 두 손이 모이면 네 개의 손. 그런 것이 새삼스러웠다. 나는 서운하지 않았다. 애수에 젖지도 않았다. 진심으로 엄마의 행복을 바랐다. 엄마가 내 앞에서 눈물짓는 것보다는 남편과 아이와 함께 행복했으면 했다. 엄마가 나를 완전히 잊어도 상관없을 것 같았다. 이제 나는 엄마 없는 삶에 익숙했다. 더 이상 결

손

핍이라는 단어를 떠올릴 때 엄마를 생각하지 않았다. 나는 어린아이가 아니니까.

컴퓨터를 끄고 양손을 맞잡아보았다. 나의 손은 차가웠다.

불

 살이 접히는 데마다 땀이 고였다. 젖은 목덜미를 손으로 훔쳤다. 8월 한낮이었다. 모래사장에 깔아둔 돗자리 위에 무릎을 세우고 앉았다. 약간의 바람에도 고운 모래가 돗자리 위로 쓸려왔다. 파라솔은 나를 조금 비껴나 있었다. 그늘 아래로 할머니와 할아버지가 나와 같은 자세로 앉아 해변을 바라보고 있었다. 안쪽으로 들어와라. 할머니의 말에 나는 싫다고 했다. 얼굴 다 타겠다, 얼른 들어와야. 나는 목덜미가 따가워지는 것을 느꼈지만 그 자리에 붙박인 듯 앉아 견뎠다. 사촌들은 바다에서 물장구를 쳤다. 나는 애들이 함부로 벗어놓고 간 샌들을 내 옆에 정리해두었다. 숙부와 숙모 들도 바닷속에 있었다. 가장 어린 사촌 동생이 탄 튜브를 둘째 숙부가 양손으로 밀었다. 둘은 점점 더 깊은 바다로 갔다. 어느새 둘째 숙부의 머리만 작게 보였다.

할아버지는 왜 이렇게 더운 날 태어났을까. 사람 힘들게.

할아버지의 칠순을 맞아 가족여행을 왔다. 중학생으로서는 마지막 여름방학이었다. 개학까지는 2주가 남았다. 매번 계곡만 갔으니 이번엔 바다를 갑시다. 남해 바다 지겨우니 동해 바다로 갑시다. 형제들끼리 의견이 쉽게 모아졌다. 형제들과 고모는 휴가를 겨우 맞췄다.

각자 집안의 차를 타고 울진의 한 펜션에서 만나기로 했다. 아빠는 전날 밤 할머니 집에 와서 잠을 잤다. 약속한 시각에 맞춰 울진에 도착하기 위해서는 새벽 4시에 일어나야 했다. 아빠 차의 조수석에는 할아버지, 뒷좌석 왼쪽에는 할머니, 오른쪽에는 고모, 가운데 자리에는 내가 앉았다. 고모의 결혼식 날 이후로 아주 오랜만이었다. 한복과 양복 없이 모두 가벼운 옷차림이라는 게 다른 점이었다.

나는 차 안에서 먼지 냄새가 나는 에어컨 바람을 맞으며 내내 졸았다. 분명 에어컨에서 찬 바람이 나왔는데도 이마에 땀이 배어 나왔다. 내 몸은 어린애들이 가지고 노는 흐물흐물한 스프링처럼 할머니 쪽으로 쏟아졌다가 고모 쪽으로 쏟아지기를 반복했다. 일어나봐라. 할머니가 내 팔을 잡고 흔들어서 나는 눈꺼풀을 겨우 들어 올렸다. 할머니가 검지로 오른쪽을 가리키고 있었다. 그걸 따라 오른쪽 창을 봤다. 방파제 위로 검푸른 바다가 시야의 절반을 채웠다. 바다가 이렇게 높게 있을 수 있나? 바다가 꼭 도로 쪽으로 쏟아질 것만 같았다. 아이고 마음이 탁 트이네. 할머니가 말했다. 나는 마음이 탁 트이기는커녕 무섭기만 했다. 고모가 창문을 살짝 내리자 바람이 세게 들어왔다. 어깨까지 오는 고모의 머리칼이 흩날렸다. 놀란 고모가 바로 창문을 올렸다. 차 안은 다시 적막해졌다. 물놀이하고 바비큐 먹고 신나게 놀아보자, 응? 아빠가 룸미러를 통해 나를 보며 말했다. 나는 대답하지 않고 고개를 돌려 창밖을 바라봤다.

  물놀이 따위 하고 싶지 않아서 생리한다고 거짓말했다. 나를 바다에 끌고 가려던 아빠는 그 말에 멈칫하며 나를 내버려두었다. 나는 바다를 바라보기만 했다. 바다 말고는 볼 것이 없었다. 언제까지 이렇게 있어야 하지? 한낮이었다. 해가 지려면 아직 멀었다. 언제까지 이렇게 땀을 흘리고 있어야 하지? 고문이라도 당하는 기분이었다. 어느새 성현과 성준은 바다에서 나와 양동이로 모래를 퍼내고 있었다. 모래성을 만들 작정인지 서로를 파묻을 작정인지는 알 수 없었다. 내가 입은 반소매 티셔츠의 겨드랑이 부분이 축축했다. 안에 입은 브래지어는 말할 것도 없었다. 차라리 물에 들어갈걸. 바깥에 있어도 물에 있는 것 같았다.

누나 같이 하자!

성현이 내게 손짓했다. 나는 못 이기는 척 성현이 있는 쪽으로 갔다. 성현과 나는 모래사장에 누운 성준의 배 위로 모래를 쏟아 단단히 다졌다. 성준의 얼굴에 모래가 떨어지지 않도록 주의했다. 몸 위로 모래 봉분이 생기자 제 몸을 움직일 수 없다는 사실에 성준은 만족해했다. 나는 봉분 옆에 쪼그려 앉아 눈을 찡그리며 해변을 바라보았다. 멀리 가 콩알만큼 작아졌던 둘째 숙부와 사촌 동생이 어느새 물 가까이 와 있었다. 아빠는 종아리까지 바다에 담그고 손을 허리춤에 올린 채 멀리 수평선을 보고 있었다. 뒤돌아보니 숙모들은 돗자리를 하나 더 펴서 과일 도시락을 꺼내고 있었다. 다시 주위를 둘러봤다. 얇은 긴소매 티셔츠에 짧은 청바지를 입은 고모는 해안선을 따라 멀리 걸어가고 있었다.

나는 속에서부터 붉어지는 불을 노려보았다.

석쇠 아래에 쌓인 숯불은 바람이 통하면 속에서부터 붉어져 금세 시뻘게졌다. 고기 기름이 떨어지자 불꽃이 튀어올랐다. 내가 화로대 안을 가만히 보고 있으니 할머니가 내 등을 찰싹 때렸다. 고기가 아니라 네가 익겠다. 맞은 건 등인데 목덜미와 양팔이 따가웠다. 낮에 내내 햇볕 아래 있었던 탓이었다. 팔을 이리저리 움직이며 살펴보니 이미 피부가 붉어져 있었다. 목덜미는 안 봐도 뻔했다. 할머니가 내 팔을 보더니 내일 집에 가면 감자를 갈아야겠다고 했다. 붉어진 곳에 간 감자와 알로에를 듬뿍 얹어놓으면 금세 화기가 사라진다고 했다.

귀 뒤가 간지러워 긁어보니 작은 모래알들이 손가락에 묻어나왔다. 펜션으로 돌아와 분명히 샤워를 했는데도 그랬다. 나는 플라스틱 의자에 몸을 구기고 앉아 귀를 내내 긁어댔다. 펜션 마당 한편에 놓인 바비큐용 화로대에서는 계속해서 무언가가 구워졌다. 맨 먼저 구운 소라가 테이블 위에서 길게 김을 피워올렸다. 어른들은 소라를 한참 식히고 살을 빼냈다. 사촌들은 소라 살에는 별로 관심이 없었고 껍데기가 제 손에 들어오기만을 바랐다. 곳곳이 탄 소라 껍데기에 성현이 귀를 가져다 댔다. 들린다. 들린다. 파도 소리가 들린다는 거겠지. 통째 불로 익힌 소라에서 들리는 파도 소리라니, 괴상했다.

숙부들과 아빠는 종이컵에 담긴 소주를 마시며 번갈아

고기를 구웠다. 이런 데서는 역시 삼겹살이 제일 맛있다고 아빠가 말했다. 테이블 가운데 자리에 앉은 할아버지는 오늘 단 한 잔의 맥주를 허락받았다. 젊을 적에는 술을 많이 마셨다던 할아버지는 술을 좋아하는 마음과는 상관없이 이제 더는 마실 수 없는 몸이 되었다. 할아버지는 맥주 한 잔을 아주 천천히 음미했다.

케이크를 사 올 걸 그랬네. 일회용 접시에 쌈장을 덜어내던 둘째 숙모가 말했다. 날이 더워서 다 상해버렸으려나.

케이크는 없지만 축하 노래는 부릅시다. 아빠가 선창했다. 숙부, 숙모와 사촌 들도 생일 축하 노래를 따라 불렀다. 고모와 할머니는 손뼉만 쳤다. 나는 입을 꾹 다물고 그 풍경을 바라보기만 하다가 아빠와 눈이 마주쳐 노래를 따라 부르는 척했다. 노래가 끝나고 박수와 환호 소리도 끝나자 할아버지는 마치 교장 선생님 훈화처럼 오늘의 소회를 말했다. 좋다는 것이다. 장성한 자식들과 함께 여행을 오니 이보다 더 화목한 가정이 어디 있겠느냐고.

아빠와 숙부들은 쉬지 않고 술을 마셨다. 공기 좋은 데에서 술을 마시니 취하지도 않는다고, 셋째 숙부는 잔뜩 취해서 말했다. 고기를 굽던 아빠는 아버지 어머니 항상 건강하십시오 말하며 웃었고 둘째 숙부는 아버지 어머니 항상 건강하십시오 말하며 울었다. 셋째 숙부는 우는 형을 보며 안쓰러워했다. 고모는 테이블 끝에 앉아 눈을 내리깔고 있었다. 앞에 놓인 맥주에는 손도 대지 않았다.

나는 아빠가 구워준 삼겹살을 질겅질겅 씹으며 마당을 비추는 가로등을 올려다봤다. 온갖 벌레가 가로등에 몸을 던지고 있었다. 그걸 보며 허벅지를 벅벅 긁었다. 온몸이 뜨겁다 못해 간지러웠다. 속이 울렁거렸다. 고기를 너무 많이 먹은 탓인가. 언제 깎아뒀는지 모를 복숭아를 손으로 집었다. 복숭아 조각은 손안에서 쉽게 물크러졌다. 입안이 바싹 말라 침조차 제대로 삼킬 수 없었다. 점점 더 이 몸을 참을 수 없었다. 나는 가까이에 놓인 종이컵을 들어 안에 담긴 것을 단번에 마셨다. 순간 정신이 번쩍 들었다. 투명한 액체가 내 몸을 통과하는 게 느껴졌다. 이제 몸속까지 뜨거워졌다. 주변을 둘러봤다. 누구도 내가 소주를 마셨다는 사실을 알아차리지 못했다.

나는 가만히 앉아 있는 게 지겨웠던 것 같다. 혹은 가만히 앉아 있자니 땅이 흔들려 멀미가 났던가. 어른들은 계속해서 술을 마셨다. 할아버지와 할머니는 어느새 방으로 들어갔다. 고모는 보이지 않았다. 씻으러 간 걸까? 사촌들은

불 203

야밤에 술래잡기를 했다. 숨은 아이를 몇 번이나 찾아내야만 하는 놀이. 겨우 숨긴 몸을 몇 번이나 들켜야만 하는 놀이. 나는 그런 것에 관심이 없었다. 나는 누구도 모르게 술에 취한 청소년이지. 누구에게도 들키지 않을 것이다. 아무도 모르게 온전한 정신으로 돌아올 것이다. 작고 소박한 비밀이 생기는 것이다. 경은에게 말해야지. 나 여름방학 때 소주를 마셔봤다.

나는 조용히 마당 주위를 걷다 펜션 입구를 빠져나갔다. 해변에서 오르막길만 따라가면 펜션촌이 나왔고 그중에서도 가장 전면에 있는 건물이 우리가 묵는 곳이었으니 길을 잃을 위험은 없었다. 구멍가게 같은 슈퍼 두 곳 빼고는 불 밝혀진 데가 없었다. 무슨 소리가 들린다 싶어 가만히 서서 귀를 기울이니 파도 소리가 들려왔다. 모래사장 바깥으로 이어지는 산책로를 따라 몇 사람이 걷고 있었다. 나는 그들을 가로질러 모래사장 쪽으로 갔다.

그렇게 검은 바다는 처음 보았다. 그래서 그게 바다가 아닌 줄 알았다. 어둠 속에서도 하얗게 부서지는 포말을 보고서야 아, 저게 바다였어 깨달았다. 그런데 저게 바다라니. 짭짤하고 비린 냄새가 얼굴로 훅 끼쳤다. 뺨을 핥으면 미역 맛이 날 것 같았다. 눈을 깜박였다. 속눈썹에 소금 결정이 생긴다고 해도 이상하지 않을 것이었다. 나는 나를 맛보고 싶다는 생각을 하며, 이건 분명 내가 취했기 때문이라고 덧붙여 생각했다. 사람은 취하면 이상해져. 나는 그걸 이미 알고 있지 않은가?

모래사장에 발이 푹푹 빠지는데도 보폭을 넓혀 걸었다. 샌들에 모래가 잔뜩 들어갔지만 그런 것은 중요하지 않았다. 왼편에 바다를 두고 팔을 크게 휘저으며 걸었다. 누군가 서 있는 게 보였다. 가로등 불빛이 모래사장까지 환히 밝혀주지 않아 사람의 형상만 그림자처럼 검었다. 나는 괜히 살금살금 걸었다. 누군가는 꼼짝 않고 바다를 바라보고 있었다. 그 누군가가 고모라는 걸 알고 나서 나는 멈춰 섰다.

나는 고모의 뒤쪽, 모래사장 바깥의 산책로 쪽으로 걸어가 바다를 향해 있는 벤치에 앉았다. 그 형체를 지키는 작은 파수꾼이라도 된 것처럼 끈질기게 고모의 뒷모습을 바라보았다.

고모는 바다에 너무 가깝게 서 있었다. 내가 술에 취해서 헛것을 본 것인가? 그건 아니었다. 저 마른 몸과 어깨까지 내려오는 머리카락은 정확히 고모였다. 방심하면 약간 왼쪽으로 기울어지는 저 어깨는 고모의 것이었다.

그런데 저 사람이 정말 고모인가? 고모라고 할 수 있나?

오롯이 혼자인 고모를 본 적이 없었다는 것을 계시라도 받은 듯이 깨달았다. 나는 고모가 멀리멀리 가는 상상을 했다. 나와 고모가 전혀 상관없는 사람이 되는 것이다. 고모는 더는 내게 불퉁스러운 말도 하지 않고 우리는 함께 공간을 나눠 쓰지도 않으며 완전히 멀어지는, 멀어지는 정도가 아니라 전혀 다른 세상에 살게 되는 것이다. 서로 모르는 사이가 되는 것이다.

나는 이런 상상을 하면서 알 수 없이 쓸쓸해지고 급기야 두려워지기까지 하는데 고모는 지금 저 검은 바다를 보면서 무슨 생각을 하고 있는 걸까.

고모.
나는 더 크게 불렀다.
고모.
고모가 뒤돌았다. 사위가 어두워 고모의 표정은 보이지 않았다.
고모. 돌아가자, 같이.
멈칫거리던 고모가 나를 향해 걸어왔다. 고운 모래에 발이 푹푹 빠져 휘청거리며 걸어왔다.
잠시만.

가까이 다가온 고모가 나의 어깨에 한 손을 얹고 몸을 살짝 기대었다. 고모가 샌들을 한 쪽씩 벗어 안에 들어간 모래를 탈탈 터는 동안 나도 모르게 숨을 참았다. 고모의 미지근한 손이 누르는 자리가 따갑고 홧홧했다. 조용히 불타는 것만 같았다.

됐어. 가자.

고모는 나보다 앞서 걸었다.

3부

실내 정숙

아 깜짝이야.

주위를 둘러봤다. 다행히 아무도 나를 보고 있지 않았다. 앞으로 쏟아진 머리칼을 넘겨 귀에 꽂고 양손으로 마른세수를 했다. 침까지 흘린 건 아니겠지. 다행히 페이지는 젖은 데 없이 말끔했다. 책상 위에도 침방울 같은 건 없었다.

처음부터 도서관에 오려던 것은 아니었다.

오후의 산책이 조금 길어졌을 뿐이었다. 동네를 돌다 보니 지루해져서 조금 더 크게 돌았을 뿐이었다. 그러다 보니 도서관이 있는 곳까지 걸어왔고 여기까지 온 김에 자판기에서 커피나 한잔 뽑아 마실까, 뭐 그런 생각을 했다.

지난 금요일, 할머니가 베란다의 화초를 돌보는 동안 나는 아침 설거지를 하고 간단하게 집을 치웠다. 텔레비전에서는 평소와 다름없이 생활 정보 프로그램이 방영되었다.

평소와 다름없이라니.

점심을 먹고 나서는 집 밖으로 나왔다. 나와서 무작정 걸었다. 고모가 돌아오지 않으면 어떡하지? 고모가 돌아오지 않을 가능성이 있나? 그럴 수가 있나? 고모가? 나는 이 생각에서 멀어지고 싶었다. 고모가 그럴 수는 없을 거야. 고모가 그래서는 안 돼.

다른 생각을 하기로 했다.

도서관에 갔다. 종합자료실에 들어가 사서 추천 도서 목록을 훑어보다가 제목이 마음에 드는 책을 골라 빈자리에 앉았다. 어두운 황토색에 가까운 원목 책장은 전과 같았는데 의자와 책상은 신식으로 바뀌어 있었다. 신식 의자에서는 끽끽거리는 소리가 나지 않았고 의자 등받이는 허리를 잘 받쳐주었다. 내 옆자리엔 하얗게 센 머리칼을 꽁지 묶은 할아버지가 신문을 읽고 있었다. 서가에서 책을 골라 자리에 앉기 전에 나는 할아버지의 뒤통수를 잠시 내려다보았는데, 뒤통수에 달린 그 꽁지가 아직 한 번도 쓰지 않은 붓처럼 정갈해 보여 조금 감탄했다. 할아버지가 신문을 넘길 때마다 잉크 냄새가 났다. 맞은편 자리는 비어 있었고 대각선 자리에는 남자가 두꺼운 양장본을 집중해서 읽고 있었다. 나는 그 책의 반의반도 안 되는 두께의 책을 펼쳐 첫 페이지부터 꼼꼼히 읽었다. 재미가 없어도 사서가 추천한 이유가 있을 거라 생각하며 책을 덮지 않았다. 그렇게 오후 4시가 넘어갈 때까지 책을 읽다가 도서관을 나왔다. 집으로 가 저녁을 준비했다. 다음 날에는 새로운 책을 골라 읽었다. 그게 며칠 됐다.

그렇게 재미없는 책은 아닌데, 어째서 졸았을까. 나는 책을 쥔 손에 힘을 주었다. 아직 2시 반밖에 되지 않았다. 일요일 오후, 종합자료실은 한산했다. 이 시간쯤 칼국숫집 이모들은 설거지를 마치고 겨우 한숨 돌리고 있을 것이다. 지금부터 5시까지는 브레이크 타임이었다. 오늘 아침 나는 다시 사장님에게 전화했다. 사장님이 아휴 정말 못살아, 하고 말했다.

내가 너 성실한 거 알아.

어째서 사장님은 나를 안심시키면서 성실을 이야기했을까.

―뭐 하니?

경은에게 메시지가 왔다. '나 지금 도서관'이라고 답을 보냈다.

―사람 참 안 변하네.

그런가. 사람은 참 변하지 않는 존재인가. 변하기 어려운 존재인가. 오늘 내 옆자리에는 아무도 없고 맞은편 자리에 꽁지 묶은 할아버지가 앉아 있었다. 할아버지는 어제와 같이 신문을 읽었다. 할아버지는 매일 같은 자리에 앉았고 내가 조금씩 다른 자리에 앉았다. 팔락팔락 신문 넘어가는 소리를 들으면서 책을 읽으면 꼭 시간이 흐르지 않는 것만 같았다. 할아버지 오른쪽으로 한 자리 건너뛴 옆자리에는 중년의 여자가 주역을 읽고 있었다.

책을 내려놓고 종합자료실을 나와 1층으로 내려갔다. 자판기 동전 투입구에 오백 원을 넣었다. 오랜만에 자판기 우유를 마실까 살짝 고민하긴 했지만 결국은 밀크커피를 선택했다. 자판기에서 커피를 꺼내고 도서관 바깥에 조성된 산책로를 걷다가 벤치에 앉았다. 커피를 한 모금 마셨다. 순간 눈이 맑아지는 기분이었는데 그냥 찬바람을 맞아서 그런 걸지도 몰랐다.

성실하게 살고 싶은 마음 따위 없는데. 직장을 옮긴 지 2년 만에 회사를 그만두고 납작해져서는 그런 생각을 했었다. 내 힘을 버터 자르듯 조각내어 쓰고 싶은 만큼만 쓰고 싶었다. 아껴 쓰고 싶었다. 나는 다 도려내지고 녹은 상태로, 점도 높은 상태로 오래오래 천장이나 벽을 바라봤다. 이런 식으로 영원히 살 수는 없어.

이런 식이라니. 영원이라니.

어느 날 침대에서 일어나 쓰다 만 노트 하나를 찾아 펼쳤다. 거기에 '영원'이라 쓰고는 한참을 봤다. 영원이라니. 나는 집 근처 카페에서 아르바이트를 시작했다. 카페 사장은 나보다 다섯 살 많은 여자였다. 경은에게만 내 소식을 알렸다. 그즈음 경은은 다시 광주로 내려가 어느 미용실에서 실장 직함을 달고 일했다. 다 입에 풀칠이나 하고 사는 거지 뭐. 늦은 밤 경은과 통화를 하면 알 수 없는 방식으로 마음이 누그러졌다. 그러면 그제야 마음이 딱딱하게 굳어 있었다는 걸 깨닫곤 했다. 이를 악물고 있는 줄 몰랐던 사람처럼. 얼얼한 턱에 나중에야 조용히 놀라는 사람처럼.

일한 지 반년 만에 카페는 폐업을 하게 됐다. 마지막으로 카페 사장과 집기를 정리하고 나니 저녁 시간이 되어 있었다. 따뜻한 걸 같이 먹고 헤어져요. 칼바람이 부는 겨울이었다. 우리는 골목을 걸어 내려와 큰길로 나갔다. 훈김 때문에 창이 온통 뿌연 다복칼국수의 문을 열고 들어갔다. 카페 사장은 바지락칼국수를, 나는 팥칼국수를 시켰다. 곧 동지래요. 동지가 무슨 날이죠? 밤이 가장 긴 날 아닌가요? 귀신이 오는 날인가? 그런 이야기를 하면서 음식을 기다렸다. 나는 가게 안을 둘러봤다. 테이블 절반 정도가 차 있었고 팥칼국수를 먹는 사람이 많았다. 아 오늘이 동지인가? 나는 카운터 옆 유리문에 붙은 흰 종이를 물끄러미 보았다. '홀 서빙 구함 10~14시'라고 큰 글씨로 인쇄되어 있었다.

  다음 날 나는 오픈 시간에 맞춰 다복칼국수에 찾아갔다. 가늘게 만 파마머리를 질끈 묶은 중년의 여자 사장이 나를 보더니 의아해했다. 우리는 아가씨처럼 젊은 사람 구하려는 게 아닌데. 젊은 사람들은 가르쳐놓으면 금방 그만둬서 안 써요. 금방 그만두지 않을 거예요. 무슨 자신감인지는 모르겠지만 나는 그렇게 말했다. 사장이 난감한 표정을 지으며 말했다. 오래 일하면 좋지. 좋기야 좋지. 주방 안쪽에서 중년의 여자들이 나를 흘끗흘끗 봤다. 지금은 이모라고 부르는 여자들. 나의 이모들.

  산책로를 조금 더 걷다가 종이컵을 쓰레기통에 버리고 다시 종합자료실로 돌아갔다. 내가 앉았던 자리에 책이 내가 둔 상태 그대로 놓여 있었다. 맞은편 할아버지는 여전히 신문을 읽고 있었다. 그 풍경이 마음에 들었다. 너무 마음에 든 나머지 영원히 이렇게 살고 싶다는 생각을 했다.

영원이라니. 이렇게 산다니.

나도 모르게 끙 소리가 났다. 맞은편의 할아버지가 넓게 펼친 신문을 살짝 내렸다. 두꺼운 돋보기 안경 너머로 나를 가만히 보았다. 할아버지는 신문을 책상에 내려놓더니 오른손 검지로 내 뒤쪽 벽면을 가리켰다. 나는 그 손을 따라 몸을 돌려 벽을 봤다. 빨간 글자로 '정숙'이라 쓰인 알림판이 벽에 걸려 있었다. 내가 다시 몸을 바로 하자 할아버지는 검지를 입술 앞에 잠시 세웠다가 다시 신문을 읽기 시작했다.

나는 읽던 책의 페이지를 넘겼다. 내지에 속눈썹 하나가 붙어 있는 것을 보았다. 초승달처럼 휜 짧고 가는 털은 꼭 글자 위에서 몸을 웅크리고 잠든 것처럼 보였다. 나는 속눈썹이 그대로 잠들어 있을 수 있도록 책을 조심히 읽어나갔다. 페이지를 넘기고는 안도하며 소리 없이 길게 숨을 내쉬었다. 주위를 둘러보았다. 신문을 읽는 할아버지의 얼굴은 신문에 가려져 볼 수 없었고 주역을 읽는 중년 여자는 작은 수첩에 플러스펜으로 책의 내용을 옮겨 적는 듯했다. 다음에는 나도 노트와 펜을 가지고 와야지. 며칠 전 집을 치울 때 내가 어렸을 때 썼던 샤프펜슬을 발견했다. 천 원짜리

제도 샤프펜슬이었는데 샤프심이 0.5밀리미터짜리가 아니라 0.3밀리미터짜리였다. 그렇게 가는 걸로 도대체 뭘 쓰려고 한 걸까. 샤프펜슬을 보니 오랜만에 써보고 싶어졌다. 샤프펜슬은 거실 구석에 놓인 좌식 책상 위, 연필꽂이에 있었다. 거기엔 오래되어 색이 전혀 나오지 않을 것 같은 연두색 형광펜도 있었다. 달력을 접어 집게로 묶어둔 이면지에 죽 그어보니 놀랍게도 형광 연두색이 진하게 나왔다. 샤프펜슬의 머리를 또각또각 눌러 심이 나오게 한 다음 잠시 고민하다 내 이름을 써봤다. 이응이 없는 내 이름. 곡선 하나 없이 획획 획이 꺾이는 내 이름.

할아버지가 신문을 한 장 넘기면 주위에 잉크 냄새가 옅게 퍼졌다. 종합자료실의 자동문이 열리는 소리가 났는데 발소리는 들리지 않았다. 한 젊은 여자가 신문 읽는 할아버지 뒤편의 책장을 살펴보고 있었다. 사서가 책이 쌓인 카트를 끌고 책장과 책장 사이로 모습을 비추다 말았다. 모두 각자의 일을 하고 있다. 다음에는 정말 노트와 펜을 챙겨올 것이다. 나의 오래된 샤프펜슬도 챙겨야지. 나는 다시 책으로 눈을 돌려 오래 기억하고 싶은 문장을 눈으로 밑줄이라도 긋듯이 노려보며 다짐했다. 실내는 무척이나 정숙했다.

하고 싶은 것을 한다

 분명 꿈을 꿨는데 내용이 기억나지 않았다. 눈을 뜨자마자 할머니가 들려주는 옛날이야기를 들은 탓일까. 꼭 그 이야기가 꿈이었던 것만 같다.
 할머니는 내 옆에 다리를 쭉 편 채 앉아 있다. 나는 여전히 이불을 덮은 채로 눈을 끔뻑였다. 안 춥더냐. 할머니는 내가 덮은 이불의 모서리를 매만지며 말했다. 매일 같은 물음이었다. 하나도 안 춥다니까 그러네.
 안방에서 같이 자면 좋을 것인데.
 나는 거실이 좋다니까.
 왜 너는 나랑 같이 안 자냐. 나랑 같이 자기 싫으냐?

싫은 건 아닌데, 혼자 자는 게 더 좋다 이거지.

나는 으허허 하고 바보처럼 웃었다. 이불을 덮고 누운 채 웃으니 더 바보 같았다. 할머니는 계속 이불의 모서리를 손바닥으로 쓸어내렸다. 벌써 6시다. 아직 해는 안 떴어도 아침은 아침이다. 희라는 언제 올까. 희라한테 전화해봐라.

정말 곧 온다고 했다니까.

거짓말을 할 때는 눈동자가 흔들린다고 했던가. 아니면 흔들리는 눈동자를 들킬까 봐 오히려 한 곳만 더 주시하게 된다고 했던가. 나는 아예 눈을 감고 말했다. 들키지 않을 수 있을까.

찹, 할머니가 손을 내 이마에 얹었다. 깜짝 놀라 눈을 떴다. 이것 봐라.

할머니가 내 눈 위로 손바닥을 들이밀었다.

잠 안 올 때마다 운동하니까 이렇게 혈액순환이 잘 되고.

할머니는 연한 분홍빛을 띠는 자신의 손바닥을 자랑했다. 그래도 보건소를 가야 하는데. 보건소에 가면 그 뭐냐 오가도 하고 기구로 운동도 하는데.

요가?

요가냐? 오가 아니고 요가. 그래, 요오가.

할머니는 다시 내 이마를 찹, 하고 쳤다. 이번에는 얹은

게 아니라 제대로 쳤다.

그래도 내가 잠이 안 올 때마다 제자리걸음 운동을 하니까 이렇게 혈액순환이 잘 되지.

할머니에게는 같은 말을 조금 더 길게 만들어 말하는 능력이 있다. 할머니가 새벽에 제자리걸음 할 때마다 나는 매번 잠에서 길을 잃어버리는데 할머니는 그건 전혀 모를 것이다. 안다고 해도 어쩔 수 없었다. 내가 길을 잃는 것보다 할머니가 운동을 하는 게 더 중요했다. 지금 내가 해야 할 건 아침밥이었다. 나는 대차게 이불을 걷으며 자리에서 일어났다. 할머니가 먼지 날린다며 손사래를 쳤다.

아침과 같은 메뉴로 점심까지 먹은 후에 작은 천 가방에 노트와 펜을 챙기고 패딩 주머니엔 휴대폰과 지갑을 넣었다. 할머니가 도서관에 가느냐고 물었다. 나는 그렇다고 했다. 책을 집에서 읽지 왜 도서관에서 읽느냐고 했다. 집에 있으면 좋을 것인데…… 할머니는 어디선가 한과를 꺼내와 소파에서 먹으며 텔레비전을 봤다.

할머니 이제 그거 그만 먹어!

나는 그렇게 말하고 집을 나섰다. 날이 조금 풀려 패딩 지퍼를 끝까지 잠그지 않아도 그리 춥지 않았다. 주머니에서 손을 빼고 팔을 휘적휘적 흔들며 걸었다. 떡집과 피자가게와 안경점과 미용실을 지났다. 떡집과 안경점은 내가 중학생 때부터 있던 가게였다. 그런 가게가 나를 자꾸 중학생 때로, 고등학생 때로 돌아가게 했다. 나는 지금의 나와 초등학생인 나, 중학생인 나, 고등학생인 나를 여러 색의 셀로판지를 겹치듯 구깃구깃 포갠 상태로 걸었다. 나는 언젠가 이 길을 걸으며 풀이 죽어 있었고, 언젠가는 신이 나서 몸의 무게를 잊고 뛰어다녔다. 울었던 적도 있었을까? 아마 없었을 것이다. 나는 혼자 있을 때만 울었다. 혼자 있을 때도 소리 없이 울었다. 몸 깊은 데부터 울음이 조용히 끓어오르기 시작하면 왼쪽 귀 안에서 드드드 무언가 작게 떨리는 소리가 났다. 나는 스스로 서러워질 줄 알았다. 폭우가 쏟아지는 날 우산도 없이 하교했다. 걸을 때마다 운동화에서 찍찍 소리가 나면서 빗물이 흘러나왔다. 집에 돌아가서는 교복과 운동화를 빨았다. 가방을 베란다 빨랫줄에 걸어두었다. 빗물이 뚝뚝 떨어졌다. 젖은 교과서를 드라이어로 말렸다. 교과서는 우글우글 부풀었다. 나에게는 여벌의 운동화가 없었다. 다음 날 젖은 운동화를 신어야 했다. 부푼 교과서는 아무리 손바닥으로 꾹꾹 눌러도 펴지지 않았다.

너는 진짜 네 얘기 안 하더라.

언젠가 이런 말을 들은 적 있었다. 대학 동기거나 선배였을 것이다. 아마도 술을 마시고 있었을 것이다. 그거 좀 재수 없는 거 너도 알아? 그 말에 나는 고개를 끄덕이지도 못하고 가로젓지도 못했을 것이다. 하고 싶은 말이 없어. 난 정말 하고 싶은 말이 없어. 나는 이렇게 말하지도 못하고. 내 안의 어린 나는 입을 꾹 다물어버리고.

오늘 도서관은 휴관일이었다. 나는 굳게 닫힌 도서관 앞에서 잠시 고민했다. 짐을 챙겨 나온 김에 어디라도 가고 싶었다. 그렇다면 어디를. 나는 어디를 갈 수 있을까. 바로 떠오른 곳은 경은의 미용실을 가는 길에 들렀던 카페였다. 핸드드립 커피의 장인처럼 보이던 사장이 운영하는 그 카페는 걸어서 50분 정도 걸렸다. 도서관에서부터라면 아마 40분 정도 걸으면 도착할 것이다. 그래도 좀 멀지 않나. 마냥 걸어가서 커피 한 잔을 마시기엔 너무 긴 시간이 소요되는 거 아닌가. 커피가 맛있긴 했지만 그렇게 오래 걸어가서 마실 정도로 맛있었나. 나는 그런 생각을 하다가 고개를 저었다. 아니. 나는 거기에 갈 거야. 왜냐하면 그 카페가 바로 생각이 났으니까. 거기에 가고 싶으니까. 나에게는 시간이 있다. 나에게는 핸드드립 커피를 사 마실 수 있는 칠천오백 원이 있다. 나의 가방엔 노트와 펜이 있다. 이것저것 재고 따지지 않을 것이다. 나는 하고 싶은 것을 한다.

가는 길에 경은에게 커피를 사다 주면 좋아하겠지 싶었는데 오늘은 월요일, 경은이 유일하게 쉬는 요일이었다. 경은에게 뭐 하느냐고 물어볼까 고민하다 연락하지 않기로 했다. 경은은 휴일에 해야만 하는 일을 하거나 휴일답게 푹 쉬고 있을 것이다. 그걸 방해하고 싶지 않았다. 어쩌면 경수가 만든 빵을 입에 물고 드러누워 있을지도 모르지. 나는 그런 경은을 잠시 상상해봤다. 그 얼굴은 중학생 때의 얼굴과 같았다.

카페에 도착했을 땐 약간 더웠다. 자리에 패딩을 벗어두고 카운터로 가 메뉴를 유심히 살폈다. 테가 나무인 안경을 쓴 카페 사장이 인자한 미소를 지었다. 나를 기억할까? 조금 궁금했다. 나는 예가체프 원두로 내린 따뜻한 커피를 주문하고 자리에 앉았다. 통유리를 통해 카페 바깥의 골목을 지나는 사람들을 볼 수 있었다. 이번에도 카페에서는 클래식 음악이 잔잔하게 흐르고 있었다. 이번 음악은 검색하지 않아도 무엇인지 알 수 있었다. 쇼팽의 녹턴이었다. 녹턴 몇 번인지까지는 잘 모르겠지만. 내가 언젠가의 밤을 떠올리고 있을 때 카페 사장이 커피를 가져다주었다. 흰 바탕에 잔의 바깥을 따라 수선화가 그려진 소박하고 아름다운 커피잔이 내 앞에 놓였다. 나는 커피를 한 모금 마시고 입안에 퍼지는 향을 오래 느꼈다. 가방에서 노트와 펜을 꺼냈다.

뺨

 아파트 상가 건물 앞, 팽나무 아래 벤치에 누군가 앉아 있다. 하얗게 센 머리. 적보라색 패딩을 입고 두툼한 검은색 운동화를 신은 사람. 나는 점점 그 사람과 가까워진다.

 할머니.

 할머니가 나를 올려다봤다. 누구냐. 나진이냐.

 할머니 왜 밖에 나와 있어.

 날이 따스우니까 사람들이 나올 줄 알았는데 안 나오는구만.

 나는 할머니 옆에 앉았다. 꼭 하교한 기분이었다.

 들어갈란다. 이제 춥다. 할머니가 지팡이를 짚고 일어났다. 나는 지팡이를 짚지 않은 할머니의 팔에 팔짱을 꼈다.

혼자 저기서 뭐 했어?

뭘 하기는. 아무 생각이나 했지.

무슨 생각?

응, 아무 생각이나 했지.

엘리베이터에서 내려 집에 들어갔다. 집 안은 포근했다. 할머니와 나는 거실 소파에 기대어 앉았다. 할머니가 말을 시작했다. 길게 이어지는 말에 쉬는 시간은 없었다. 할머니의 말은 이야기가 되고 기도가 되었다. 이게 할머니가 벤치에 앉아서 생각했던 것들일까? 나는 할머니 머릿속에서 반짝이고 있을 어떤 조각들을 떠올려봤다. 조각들은 서로 붙었다가 떨어지고 무한히 증식하고 팽창하고 깨어지고 흔들릴 것이다. 마구 뒤섞일 것이다. 그 속에서 나는 몇 번이나 태어난다. 고모도, 아빠도 몇 번이나 어려진다. 어린 고모가 순식간에 자라서 할머니를 돌본다.

네가 얼마나 작았는지 아냐?

나야 모르지. 나는 고개를 가로저었다.

언제 컸냐. 언제 이렇게 컸냐.

할머니의 손이 소파 위에 무방비하게 놓인 내 손을 쓸어내렸다.

언제 이렇게 컸을까.

할머니가 나의 뺨에 손바닥을 가져다 댔다. 나의 뺨은 할머니의 손바닥에 닿기 위해 만들어지기라도 한 것처럼 아주 알맞다.

표본

중학생 때 나는 어른이 되고 싶었다. 고등학생이 되고 싶은 게 아니라.

고등학생이 되니 더더욱 어른이 되고 싶어졌다. 어른이 되고 나면 이제 무엇이 되고 싶어질까?

경은과 나는 서로 다른 교복을 입고 만났다. 그래도 다니는 학교끼리 가까워 자주 만날 수 있었다. 시험 기간이 겹치는 날이면 학교를 마치고 이른 오후에 만나 시내의 옷 가게를 몇 시간씩 둘러봤고 지칠 때면 좌석이 많고 큰 소파가 있는 카페에 들어가 설탕 시럽을 여러 번 펌핑해 넣은 아메리카노를 마시며 시간을 보냈다. 나는 운동화를 벗고 소파에 양반다리를 하고 앉았다. 교복 치마의 주름을 펴서 종아리를 가렸다.

우리 학교는 커피색 스타킹 금지래.

우리 학교는 비치는 검정 스타킹 금지.

아 그건 우리도 그래.

귀걸이 금지. 파마 금지. 염색 금지.

교복 안에 브래지어만 입는 거 금지. 색깔 있는 브래지어도 금지.

그런데 안 된다고 해도 애들 다 염색하고 귀걸이 하고 학교 다니긴 해.

경은이 진한 갈색으로 염색한 머리칼을 느슨하게 묶으며 말했다. 나도 그냥 하고 다니잖아.

우리 학교는 안 그래. 다 잡아서 벌점 주고 아침부터 운동장 오리걸음도 시켜. 그리고 이상하게 아침에 머리 안 말리고 등교하면 그것도 선도부가 잡는다.

헐, 우리도!

도대체 왜들 그렇게 하지 말라고 하는 게 많을까. 어차피 안 할 사람은 안 하고 할 사람은 할 텐데. 중학생 때도 그렇지 않았나? 할 애는 하고 안 할 애는 끝까지 안 했다. 우리는 카페에 항상 쌓여 있는 잡지의 과월호―〈엘르〉와 〈엘르

걸〉, 〈쎄씨〉와 〈마리끌레르〉와 〈코스모폴리탄〉—를 자리로 가져와 함께 읽었다. 키가 크고 몸이 마른 모델들의 몸, 일상에서 할 수 없는 메이크업을 한 얼굴, 수십만 원짜리 페이스 크림과 수백만 원짜리 핸드백을 살펴봤다. 셔츠의 소매를 접는 것도 여러 방법이 있다는 것을 잡지를 통해 배웠다. 소매를 마구잡이식으로 동그랗게 걷어 올리는 것을 프렌치 롤업이라 했다. 나는 그게 쿨해 보여서 좋았는데 소맷단이 빳빳한 교복 블라우스는 그렇게 걷어 올릴 수 없었다. 할리우드 소식이 실리는 코너는 놓치지 않고 봤다. 정말이지 빅토리아 시크릿 패션쇼와 나의 인생이 무슨 상관이 있는지 모르겠지만 그런 것들을 꼼꼼히도 살폈다. 긴장한 얼굴로 자신의 순서를 기다리는 모델과 눈을 찡그리며 웃는 모델. 런웨이에서 〈SexyBack〉을 부르는 저스틴 팀버레이크와 살구색 레이스 브래지어를 입고 같은 색의 깃털 장식을 날개처럼 단 채 워킹하는 지젤 번천. 마르고 탄탄한 배와 완벽한 형태로 바람에 날리는 머리칼. 영원히 도달할 수 없을 이미지 같다가도 어쩌면 몇 단계의 성장을 제대로 거치기만 한다면 비슷한 걸 가시게 될지도 모른다는 희망을 품게 했다.

    그 해 유행했던 옷 스타일은 두 종류였다. 브랜드 로고가 새겨진 티셔츠와 통이 큰 청바지를 입고 보드화를 신는 부류와 허리 라인이 드러나는 롱 셔츠에 발목까지 딱 달라붙는 스키니진을 입고 단화를 신는 부류로 갈라졌다. 굳이 따지자면 경은은 스키니진과 롱 셔츠 부류에 속했다. 나의 경우, 경은이 골라준 블라우스와 스키니진을 사긴 했지만 역시 엉덩이와 허벅지가 조이기만 하고 전혀 어울리지 않는다 싶어 그 옷을 입고 밖에 나간 적은 없었다. 재미없고 촌스러워. 나는 방에 있는 전신 거울 앞에 서서 거울 속 나를 노려봤다. 재미없는 면바지, 재미없는 후드 티셔츠, 심지어 양말도 재미없어. 재미없는 흰색. 엄지발가락 쪽에 구멍 나 할머니가 꿰매준 것이었다. 옷을 벗고 거울을 보니 이젠 재미없는 수준이 아니라 형편없는 수준으로 느껴졌다. 형편없는 브래지어, 형편없는 뱃살. 가방 속에서 납작하게 눌린 슈크림빵 같은 가슴. 그러니까 이 몸이 몇 년 뒤면 성인이란 말이지? 곧 어른이 될 몸뚱이란 말이지?

두 달에 한 번 정도는 경은과 백화점에 가 1층의 화장품, 액세서리 매장부터 5층의 캐주얼 브랜드 매장까지 빙글빙글 돌며 구경했다. 안나수이 립스틱과 베네피트 틴트를 사고 싶었지만 대충 비슷하게 붉어지는 에뛰드하우스 립밤과

토니모리 틴트를 주머니에서 꺼내어 수시로 발랐다. 그거 알아? 원래 틴트는 입술이 아니라 젖꼭지를 붉게 물들이는 용도였대. 헐. 젖꼭지를 왜? 그래야 예뻐 보이니까? 어려 보이니까? 어려 보이는 게 예쁜 건가? 그런 이야기를 백화점 에스컬레이터에서 소곤댔다. 구두나 가방 같은 잡화를 판매하는 층에서는 고모를 떠올리기도 했다. 지금 이 시간, 고모는 대형 마트에서 일하고 있을 것이었다. 고모도 예전에는 저 여자들처럼 깔끔하고 세련된 옷을 입고 가는 굽이 달린 구두를 신고 일했겠지? 그들은 옅게 웃으며 손님을 상대하고 있었다. 소파 아래로 기대앉아 발바닥을 주무르던 이십대의 고모를 떠올렸다. 요새 고모는 텔레비전을 보면서 발뒤꿈치에 바셀린을 듬뿍 바르기도 했다. 저 여자들도 모두 집에 돌아가면 그런 얼굴을 할까? 밤에는 모두 발바닥을 주무를까? 뒤꿈치가 딱딱할까? 나는 굽이 높은 구두는 신고 싶었지만 발바닥을 주무르는 여자는 되고 싶지 않았다. 나의 뒤꿈치는 아직 부드러웠다.

나는 나중에 저런 거 입고 싶어.

경은이 가리킨 마네킹에는 옅은 하늘색 셔츠와 펜슬 스커트, 아주 긴 검은색 코트가 걸쳐져 있었다. 약간…… 커리어 우먼? 커리어 우먼이 정확히 어떤 사람인지는 모르겠지만 저런 옷을 입고 다닐 것 같았다. 나는 번지르르 광이 흐르는 낙타색 코트와 잔꽃무늬 원피스를 눈여겨봤다. 어두운 녹색의 반코트도 조금 마음에 들었다. 한 층을 여러 바퀴 돌며 우리는 어른이 된 무수한 우리를 떠올렸다.

백화점 1층에 있는 스타벅스에서 그린티 프라푸치노를 마시며 당기는 종아리를 쉬게 했다. 아까 그건 정말 별로였어. 그런 옷을 누가 사 입냐? 우리는 그런 이야기를 하며 굵은 빨대로 휘핑크림을 떠먹었다. 커다란 쇼퍼백을 어깨에 메고 힐을 신은 여자들이 카운터에서 음료를 주문하는 모습을 보며 빨대를 힘차게 빨았다. 차갑고 달고 씁쌀한 게 입안에 가득 찼다. 대학생일까? 아니면 직장인? 미래의 나, 어른이 된 내가 가질 것들.

서울 사는 사람들 진짜 부러워.

내 말에 경은이 고개를 끄덕였다.

태어났는데 서울 사람이면 그거 완전 복이지.

나는 반쯤 녹은 그린티 프라푸치노를 빨대로 휘저었다.

광주는 너무 작아. 너무 좁아.

광주 너무 재미없지.

방법은 대학을 서울로 가는 것뿐이야.

아 나는 안 되겠는데.

경은이 의자 등받이에 몸을 기대며 눈을 감았다. 나 대학 안 갈 건데.

나는 빨대를 잘근잘근 씹었다. 방법이 있을 거야. 의류 매장을 뱅글뱅글 돌며 생겨난 무수한 나는 다시금 한 명의 나로 모였다. 작은 나. 덜 자란 나. 미성숙한 나. 일주일 동안 용돈을 아껴야 그린티 프라푸치노를 사 먹을 수 있는 나. 그게 진짜 나였다.

집에 돌아가서는 아무도 보지 않는 일기장—이 집에 사는 누구도 나의 일기에 관심이 없다는 것을 깨달았으므로 더는 자물쇠가 달린 일기장을 쓰지 않았다—에 가지고 싶은 것들을 하나씩 적어나갔다. 페이지가 넘어갔는데도 갖고 싶은 게 남아 있었다. 펜을 내려놓고 첫 장부터 다시 읽어봤다. 진심으로 쓴 것들이 이렇게 우스울 줄이야. 나는 발로 바닥을 밀어 의자를 한 바퀴 천천히 돌렸다. 쳇소리가 나다가 말았다. 시간은 너무 빠르게 가거나 너무 느리게 갔다. 한 번도 내가 원하는 속도로 간 적이 없었다. 나는 지금 시간이 빨리 가기를 원했다. 그러므로 시간은 나의 소망을 비웃으며 아주 느리게 갈 것이다.

일찍이 누웠지만 잠은 오지 않았다. 얇은 솜이불을 턱밑까지 덮고는 눈을 깜빡였다. 네 시간 뒤에는 일어나 학교에 갈 준비를 해야 하는데 여전히 잠들지 못했다. 새벽 2시가 지나 있었다. 몸을 돌려 모로 누워서는 어둠 속 붉고 푸른 불빛—멀티탭 전원과 라디오 전원 버튼을 멍하니 바라보았다. 가만히 누워 있기만 하는데도 시간은 흘렀고 그게 놀라웠다. 머리가 점점 무거워졌다. 너무 많은 생각을 했다. 그 생각이 분명 나를 어딘가로 몰고 갔는데 다시금 눈을 감았다 뜨면 완전히 다른 방향으로 와 있는 기분이었다. 무엇이 나를 어디로 몰았는지 아무것도 기억하지 못한 채로, 누군가 나의 등을 떠밀었다는 감각만 남은 상태로 나는 침대에 붙박여 있었다. 그럴 때의 나는 내가 아닌 것만 같았다. 물질적인 나는 대부분 휘발되고 경계선이 뚜렷하지 않은 그림자랄까 웅덩이랄까 그런 상태가 되었다.

눈을 감았다. 내가 앞으로 겪을 수 있는 모든 일들을 헤아려봤다. 오늘 노트에 쓴 모든 것들을 나는 가졌다. 그리고 잃었다. 나는 나를 망쳤다가 구했고 가뒀다가 끄집어냈다. 나를 유일한 나로 만들어줄 특별한 사건들을 기다렸다. 생각을 반복했다.

눈을 떴다. 아무 소리도 들리지 않았다.

침대에서 빠져나와 방문을 열고 거실로 나갔다. 화장실

에서는 최소한의 움직임으로, 아무 소리도 안 내려고 노력하며 오줌을 누고 손을 씻었다. 화장실에서 나와 가만히 서서 거실을 내려다봤다. 거기 고모가 웅크린 채로 잠들어 있었다. 환히 켜진 텔레비전의 불빛이 웅크린 고모의 몸 위에서 파도처럼 일렁였다. 텔레비전에서는 철 지난 액션 영화가 나오고 있었다. 텔레비전은 음 소거 되어 있어 화면 속에서 고통스러워하는 주인공의 얼굴은 우스워 보이기만 했다.

보통 고모는 여행 다큐멘터리나 옛날 영화를 즐겨봤다. 어떨 땐 유치한 드라마를 진지한 얼굴로 보고 있기도 했다. 늘 소리를 완전히 죽이거나 귀를 간지럽힐 수준으로 작게 틀어놓은 채였다. 나는 잠든 고모의 옆으로 가서 무릎을 모으고 앉았다. 고모는 텔레비전의 채널을 돌리고 돌리다 지쳐 잠든 것이 분명했다. 텔레비전 화면을 물끄러미 봤다. 주인공은 적들을 향해 총을 쐈다. 그 긴박과는 상관없이 고모는 입을 살짝 벌린 채 무방비했다. 고모의 몸은 생각보다 작아 보였다. 꼭 웃자란 초식 동물 같았다.

나는 고모를 내려다보며 지금 고모는 어디에 가 있을지 생각해봤다. 고모와 총을 쏘는 영화 속 주인공은 얼마나 먼가. 유치한 드라마의 주인공과 고모는 또 얼마나 먼가.

그렇다면 나와 고모는. 나와 고모 사이의 거리는 얼마나 될까.

텔레비전을 끄지 않고 방으로 돌아왔다. 해는 정확히 세 시간 뒤에 뜰 것이다. 변함없이 아침이 올 것이다.

바로 누워 천장을 봤다. 아직은 어두웠다.

브레이크 타임

할머니가 한라봉을 먹는 동안 나는 머그컵에 맥주를 따라 홀짝홀짝 마셨다. 할머니와 나는 벌써 2주가 넘도록 같이 일일드라마를 보고 있지만 누구도 내용을 제대로 파악하지 못했다. 누가 누군지 하나도 모르겠다. 할머니가 혀를 찼다. 일주일 만에 목욕차에서 제대로 목욕하고 온 할머니는 피부가 얼마나 부드러운지 만져보라며 자꾸만 내게 팔을 내밀었다. 아 부드럽네. 좋네. 나는 할머니의 팔을 건성으로 쓸었다. 그런데 정말 부드러웠다. 정말 좋았다.

할머니는 너무 새금하다면서도 한라봉의 절반을 다 먹었다. 너도 좀 먹어봐라. 할머니가 한라봉 한 조각을 내게 내밀었다. 나는 고개를 가로저었다. 신 거 싫어.

너는 신 것도 싫고 단것도 싫고 다 싫으냐? 그럼 뭐가 제일 좋냐.

내가 좋아하는 것? 나는 맥주를 홀짝거리며 생각해봤다. 딱히 없는 것 같았다. 술 어지간히 마셔라. 할머니가 말했다. 내가 뭐 얼마나 마셨다고…… 냉장고에서 한 캔을 더 가져오고 싶었지만 일단 참았다.

여자 주인공의 출생의 비밀이 드러났다. 여자 주인공이 대리석 바닥에 주저앉고 여자 주인공의 예비 시어머니가 놀라고 그 여자의 남편이 놀라며…… 모두가 눈을 동그랗게 떴다. 검은 눈동자가 흔들렸다. 이유는 모르겠지만 여자 주인공이 모두에게 용서를 구했다. 예비 시어머니가 여자 주인공을 일으켜 세우며 너에게는 문제가 없다고 했다. 문제는 네가 아니라 너의 엄마에게 있다고 했다. 예비 시어머니의 남편이 침착하게 말했다. 우리는 이 모든 것을 해결할 수 있을 거다.

나는 드라마에 푹 빠져 맥주를 한 캔 더 가져오겠다는 마음도 잊었다. 흔들리는 눈빛과 다물지 못하는 입과 그것을 아주 익숙한 방식으로 편집해 보여주는 이 드라마의 구성이 나를 완전히 사로잡은 것이다. 나는 저 배우들이 경제적으로 연기를 해낸 후에 눈물을 닦는 모습을, 흔들리던 눈빛이 다시 삶에 익숙한 눈으로 돌아오는 것을 상상했다. 괜찮았어. 좋았어. 이런 이야기를 주고받으며 대본을 다시 숙지하거나 허리에 양손을 얹고 멍하니 세트장을 걷는 배우들. 그들은 자신의 일에 무척이나 진심이다. 그들은 프로페셔널하다. 배우가 연기하는 인물과 배우 자신은 다른 사람이다. 배우는 그 인물을 드나든다. 약간 소란했던 세트장이 점차 조용해진다. 배우들은 제자리로 돌아가 호흡을 가다듬고 눈빛을 바꾼다. 액션.

원래 다복칼국수에서 풀타임으로 일하는 이모는 두 명이었다. 나는 팥칼국수가 한창 팔릴 때 점심에만 일하기 시작해서 콩국수를 개시할 무렵부터는 풀타임으로 일했다.

점심 장사가 끝나고 브레이크 타임이 시작되면 나는 설거지를 마치고 주방에서 나왔다. 점심에만 일하는 이모 한 명이 아직 집에 가지 않고 다른 이모들과 홀 테이블에 모여 앉아 있었다. 한 이모는 다이어트 중이라 점심으로 고구마와 삶은 달걀만 먹었다. 그런데도 살이 빠지지 않는다면서 허리를 두툼하게 감싼 뱃살을 엄지와 검지로 집곤 했다. 운동을 해야 빠지지! 다른 이모가 나무라듯 말했다. 사장님은 맥주를 냉장고에서 꺼내 오더니 맥주잔에 절반쯤 따라 단번에 마셨고 간장 양념장을 부은 두부 반 모를 젓가락으로 조금씩 떼어 먹었다. 나는 보리밥을 퍼서 열무김치에 비벼 먹었다. 너는 그게 지겹지도 않나 봐. 삶은 달걀을 먹던 이모가 나를 보며 말했다. 나는 지겹지 않다고 했다. 나 젊을 때는 한 번 먹은 음식은 다시 먹기 싫었어. 그런데 이제는 그냥 먹어. 뭘 새로 하는 게 다 내 일이라 그냥 같은 거 먹어. 이모가 웃었다. 맞은편 이모가 고개를 절레절레 흔들었다. 나는 같은 음식을 두 번 이상은 못 먹어. 그게 내 본성이야. 그래서 매일매일 밥하느라 힘들어 죽겠어. 사장님이 나와 다른 이모들에게도 맥주 한 잔씩 따라주려고 했는데 나와 이모들은 마다했다. 사장님은 병에 남아 있는 맥주를 혼자 마시고는 휴대폰으로 걸려 온 전화를 받으며 가게를 나갔다. 이모들과 나는 빈 접시를 빠르게 치웠다. 점심에만 일하는 이모가 손을 흔들며 가게를 나갔다. 이모 둘은 선풍기와 에어컨 바람이 적절하게 불어오는 테이블에 자리를 잡고 앉아 두 팔에 얼굴을 묻고 엎드렸다. 나는 벽에 기댈 수 있는 자리에 앉았다. 이모들은 어느새 잠에 빠졌다. 잠이라는 것은 전염되는지 잠든 이모들의 정수리를 보고 있자니 나도 천천히 눈이 감겼다. 그런 나를 누군가 본다면 그 또한 느리게 밀려오는 잠을 속수무책으로 받아들이게 될 것이다. 고개를 끄떡이다 번쩍 들면 여전히 같은 풍경이었다.

일어나. 이제 다시 네가 될 시간이야. 아직 잠에 짓눌린 표정을 하고는 약간 어리둥절해하며, 지금 내가 어디에 있는지를 잠시 헤아리며 피부로 느껴지는 것들을 다시 받아들이는 찰나의 시간. 모두가 조금은 비슷한 얼굴을 하는 그 시간. 눈을 질끈 감았다가 떴다. 양손으로 마른세수를 했다. 기지개를 길게 켰다. 이모들은 어느새 완전히 잠에서 깬 얼굴을 하고 휴대폰을 보고 있었다. 사장님은 가게로 돌아와서도 누군가와 통화를 했다. 이모들이 나를 흘끗 보고는 다시 휴대폰으로 시선을 돌렸다. 잠을 잘 거면 자고 말 거면 말지, 더 피곤하겠다. 이모가 말했다. 잔 것도 아니고 안 잔 것도 아닌 것이 그 중간에서 줄을 타고 있어. 다른 이모가 웃음기 섞인 목소리로 말했다. 사장님이 시계를 보더니 아이 벌써 시간이 이렇게 됐네, 하며 부산스럽게 주방 쪽으로 갔다. 이모들도 사장님을 따라 시계를 보고는 무슨 시간이 이렇게 빨리 가지, 눈코 뜰 새가 없다, 정말 없어, 하며 주방으로 갔다. 그러게요, 시간이 벌써…… 이모들의 말을 따라 하며 주방으로 들어가면 이미 이모들은 일을 시작한 지 오래. 너무나도 프로페셔널하게. 액션.

  할머니는 한라봉을 한 개 반이나 먹었다. 그동안 나는 맥주 두 캔을 마셨다. 일일드라마는 모두 끝났다. 뉴스가 시작되었다.
  ―다음에 요리해줄까?
  경은에게 메시지를 보내자 기대하겠다는 답이 바로 왔다.

잠

어떤 것들은 눈을 감고 있어도 볼 수 있다.

할머니는 오래전 괘종시계가 걸려 있었던 그 자리에서 제자리걸음 했다. 시계추처럼 흔들리는 할머니의 팔을 나는 보았다.

삭 삭 삭 삭
훅 훅 훅 훅

삭 삭 삭 삭
훅 훅 훅 훅

나는 할머니의 숨소리를 들으며 느리게 숨을 쉬었다. 할머니가 숨을 두 번 뱉는 동안 나는 한 번 뱉는 식으로 박자를 맞춰갔다. 잠은 일정한 박자를 타고 내게 다가왔다. 내 눈꺼풀이 질 좋은 이불처럼 느껴졌다.

꿈속에서 나는 거대한 책상 앞에 앉아 있었다. 책상 위로는 노트가 펼쳐져 있었다. 종이는 새하얬다. 책상 구석에 놓인 필통을 발견했다. 필통 안에는 펜이 한가득이었다. 고민 끝에 한 자루를 꺼내어 백면지 위에 올려두었다. 참 희다. 솜 같아. 눈 같고. 그런 생각을 하며 그 풍경을 가만히 바라보는데 누군가 펜을 가져갔다. 눈앞에 있던 노트도 오른쪽으로 미끄러지듯 움직였다. 나는 의아해하며 오른쪽으로 고개를 돌렸다. 내 옆에 어떤 여자가 앉아 있었다. 그 여자는 펜을 쥔 손으로 노트의 오른쪽 귀퉁이를 누른 채 나를 보고 있었다. 여자는 나에게서 시선을 떼지 않으며 노트를 확실하게 제 앞으로 끌었다. 우리는 서로를 오래도록 바라보았다.
여자가 입을 열었다.

내 거야.
내가 쓸 거야.

겨울밤

도서관에서 집으로 돌아오는 길에 마트에 들러 중력분 밀가루와 애호박을 샀다. 어젯밤 부엌에 국물용 멸치와 다시마, 양파가 있는 것은 확인했으니 이것만 사면 충분했다. 충분한 거 맞겠지? 약간 긴장됐다. 어째서지. 경은이 장난으로 한 말, 기대하겠다는 그 말에 나는 초조해져버리고 말았다.

그러니까 이건 내가 긴장해서 생긴 문제다. 식당에서는 기계로 반죽을 만드는지라 밀가루를 손으로 직접 치대는 것은 처음이었다. 핑계라면 핑계였다. 처음엔 양푼에 밀가루를 두 컵만 넣었는데 물을 너무 많이 넣는 바람에 반죽이

질었다. 도배 풀로 써도 될 수준이었다. 나는 밀가루를 한 컵 더 넣고 오른손으로 치댔다. 손가락 사이로 반죽이 울컥울컥 삐져나왔다. 여전히 질어 반죽에 찔끔찔끔 밀가루를 추가하다가 결국 500그램짜리 중력분 한 봉지를 다 털어 넣었다. 다행히 반죽은 적당한 점도가 되었다. 오래 치대 달덩이처럼 둥글고 매끄러워진 반죽 위로 둥근 쟁반을 덮고 냉장고에 넣어두었다. 한 시간 정도 휴지기를 가지면 반죽은 더 쫀득쫀득해진다. 그래도 곁눈질로 보고 들은 게 많았다. 사람은 뭐든지 배우게 돼. 국물용 멸치의 머리와 내장을 떼어내며 생각했다.

부엌은 금세 훈김으로 찼다. 거실에서 잠을 자던 할머니가 부엌에 들어와 냄비 안을 들여다봤다.

뭘 하려고 난리를 피우냐.

칼국수 할 거야…….

무슨 칼국수를 한다고.

멸치칼국수…….

왜인지는 모르겠지만 할머니의 물음에 나는 기가 죽어버렸다. 그래도 애호박과 당근과 양파는 같은 모양으로 일정하게 썰어두었고 멸치 한 움큼과 다시마 다섯 장을 넣은 육수는 펄펄 끓고 있었다. 왜간장을 넣으면 다 망친다. 일

전에 할머니가 했던 말을 나는 기억하고 있다. 나는 무엇이 조선간장인지 이제는 안다.

다시마 빼라. 할머니가 말했다.

육수 내고 있는데 왜.

다시마 오래 끓이면 육수 버린다. 빨리 빼라.

내가 멀뚱히 서 있자 할머니가 튀김용 나무젓가락을 들고 냄비 앞으로 갔다. 내가, 내가 할게. 나는 할머니에게서 젓가락을 빼앗았다. 냄비에서 다시마를 하나씩 집어 개수대에 던졌다. 그냥 내가 하마. 이번엔 할머니가 젓가락을 빼앗으려 했다. 나는 빼앗기지 않으려 젓가락을 쥔 손에 힘을 주었다. 고집만 세가지고는. 할머니가 부엌 식탁 앞에 털썩 앉아 탐탁지 않은 눈빛으로 나를 보았다. 식탁 위에 두었던 휴대폰의 진동이 울렸다. 경은에게서 온 전화였다. 전화를 받자 경은은 마지막 손님을 끝냈으니 곧 출발하겠다고 했다. 우리 집에서 저녁을 먹으려고 미리 저녁 6시 이후의 예약은 다 막아두었다고 뿌듯한 목소리로 말했다. 그렇게 빨리 안 와도 되는데! 나는 조금 미안해지고 말았는데 경은은 그나저나 술 좀 사 가도 되느냐고 너스레를 떨었다.

칼국수 해준다고 하지 않았어?

경은이 의아한 표정으로 나를 보았다. 할머니와 나와 경은은 거실에 펴둔 동그란 양은 밥상에 모여 앉았다. 나는 이마에 흐르는 땀을 손등으로 닦았다. 중간에 문제가 좀 생겼어.

분명히 도마와 반죽에 밀가루도 착실히 잘 뿌려두었는데, 홍두깨로 살살 밀었는데도 반죽은 서로 엉겨 붙었다. 겨우 넓게 펼친 반죽을 접어서 칼로 자르자 반죽은 그대로 동그랗게 붙어선 떨어지지 않았다. 무엇인가 분명히 잘못되었으나 이제 와서 돌이킬 수는 없어 보였다. 뒤돌아보니 부엌 식탁에 앉은 할머니가 여전히 나를 보고 있었다. 할머니, 나 칼국수 말고 수제비 할까 싶네. 나는 반죽을 주먹보다 작은 크기로 뭉쳐 펄펄 끓고 있는 냄비 앞에 섰다. 엄지와 검지로 반죽을 납작하게 펴서 조금씩 떼어냈다. 옆으로 좀 가봐라. 어느새 할머니가 반죽 한 덩이를 들고 와 내 옆에 섰다. 할머니는 빠른 속도로 반죽을 얇게 펴서 뚝뚝 끊어냈다. 내가 떼어낸 것보다 훨씬 얇았다. 그 결과, 냄비에는 얇고 부들부들한 수제비와 거의 바람떡 수준으로 통통한 수제비가 섞이게 되었다. 냄비는 수제비로 가득 차 넘치기 일보 직전이었다. 반죽에만 밀가루 500그램을 썼으니 그럴 만도 했다. 나는 개수대 하부장에서 작은 냄비 하나를 더 꺼내 수제비를 옮겨 담았다. 며칠을 수제비만 먹고 살아도 될 것 같았다. 간은 할머니가 맞췄다. 할머니는 나의 요리 실력을 진작 파악해버린 것이다.

아차, 나는 냉장고로 가서 경은이 사 온 막걸리를 꺼냈다. 밥그릇 두 개도 함께 챙겨 거실로 갔다. 칼국수든 수제비든 상관없긴 해. 둘 다 막걸리랑 어울리니까. 경은이 막걸리병을 몇 번 휘휘 흔들더니 뚜껑을 열었다. 흰 거품이 병 주둥이 위로 봉긋 솟아올랐다. 경은과 나는 서로 한 잔씩 따라주었다. 그 모습을 가만히 보던 할머니가 다 큰 여자들이 술을 퍼마신다면서 혀를 찼다.

우리 오랜만에 보니까 너무 반가워서 그렇지. 그런데 할머니는 왜 하나도 안 늙었지?

경은이 걱실거리자 인상을 쓰고 있던 할머니의 입꼬리가 올라갔다. 할머니가 간을 맞춰서인지 수제비 맛이 좋았다. 나는 막걸리 한 잔을 쭉 들이켜고 숟가락으로 수제비를 듬뿍 떠먹었다. 내가 뗀 수제비 중에는 덜 익은 것도 있었지만 대충 씹어 삼켰다.

막걸리 한 병을 다 비우고 냉장고에서 한 병을 더 꺼내 왔을 때 경은은 할머니에게 중학생 때 이 집에 놀러 왔던 이야기를 하고 있었다. 그때 할머니가 나 떡볶이 해줬잖아요. 그게 내가 먹어본 떡볶이 중에 가장 고급이었거든요. 그거 정말 맛있었는데. 할머니는 내가 그런 것을 만들어줬었느냐며 입을 쩝쩝 다셨다. 나는 경은과 나의 잔에 막걸리를 새로 따랐다. 야 그런데 집이 옛날이랑 정말 똑같다. 경은이 앉은 자리에서 거실을 둘러봤다. 똑같은데 더 낡긴 했지. 내가 말했다. 그래도 이 집 참 좋아. 나한테도 추억이야, 이 집. 이야기를 주고받으며 막걸리를 마시는 우리를 보던 할머니가 먹던 사과 한 조각을 내려놓고는 장난스러운 표정을 지었다.

나도 마실까. 나도 마셔버릴까.

어휴 할머니, 어떻게…… 한잔 드려? 경은이 웃음기 섞인 목소리로 말했다.

에이 됐다. 약이나 가지고 와라. 나는 자리에서 일어나 부엌에서 할머니의 저녁 약과 유산균, 양배추 환과 미지근한 보리차를 챙겼다. 그걸 챙기는 동안 내가 소리 없이 웃고 있다는 걸 알게 됐다.

버스정류장까지 경은을 데려다주기로 했다. 또 와라. 할머니는 경은이 가기 전에 말했다. 경은은 할머니의 오른손을 양손으로 잡고 장난스레 흔들었다. 할머니 무조건 건강만 챙기고 있어요. 또 올게.

바람이 차서 롱패딩의 지퍼를 끝까지 잠갔다. 너무 배부르다, 그치? 경은이 코를 훌쩍이며 말했다. 너 춥겠다. 경은은 쥐색 반코트 차림이었다. 목도리도 하지 않은 채였다.

오랜만에 너희 할머니를 뵈는 거니까 좀 챙겨 입어야 할 것만 같았달까.

그러게, 너 오늘 예쁜 부츠도 신었네.

그걸 이제야 보다니! 경은이 어깨로 나의 어깨를 툭 쳤다.

그래도 할머니가 많이 건강해지신 거지? 경은이 넌지시 물었다.

그럼. 지금 할머니는 나보다 건강할지도 몰라. 어쩌면 나보다 오래 살 수도 있어. 나는 술에 취한 김에 아무 말이나 했다. 경은이 질색하는 표정을 지었다.

버스정류장으로 가는 길에 멀리 작은 노점 하나에 불이 켜진 것을 보았다. 붕어빵이다! 경은이 소리쳤다. 이제 곧 붕어빵 시즌이 끝나니 눈에 보이면 무조건 사 먹어야 한다고 말하며 경은이 빠르게 걸어 노점으로 향했다. 사장님, 팥으로만 삼천 원어치 주세요. 귀를 덮는 모자와 목도리로 무장한 사장님이 붕어 모양 틀에 반죽을 붓고 그 위로 팥앙금을 잔뜩 쌓는 것을 우리는 홀린 듯이 바라보았다. 맛있겠다. 그치, 진짜 맛있겠다. 나는 갑자기 어린아이가 된 기분이었는데, 그 기분이 아주 좋았는데 경은도 그랬을까? 경은도 차가운 밤바람과 무관하게 잠시 산뜻해졌을까? 우리는 붕어빵을 하나씩 입에 물고 다시 버스정류장을 향해 걸었다. 붕어빵은 뜨겁고 달았다.

고모 덕분인가? 경은이 우물거리며 말했다. 너희 고모 덕분에 할머니랑 시간을 오래 보내고 있는 거 아니야? 너 광주에 잘 오지도 않았잖아.

그건 그렇지. 그렇지만…… 나는 붕어빵을 오래 씹었다.

나는 네가 광주에 오래 있으니까 좋은데. 내가 서울에 가기는 좀 힘드니까. 경은이 붕어빵 꼬리를 한입에 넣고 우적우적 씹었다. 생각보다 시간이 참 빨리 지나가지 않아? 우리가 또 언제 이렇게 붕어빵을 나눠 먹을 수 있을까?

경은이 타야 할 버스가 금방 왔다. 오 나이스. 경은은 들고 있던 붕어빵 봉지를 내 품에 안기고는 버스에 탔다. 버스 오른쪽 맨 앞자리에 앉아서 나를 향해 손을 흔들었다. 나도 경은을 향해 손을 흔들었다.

나는 곧장 집으로 가지 않고 동네를 뱅뱅 돌았다. 무언가를 많이 생각했는데 거의 비슷한 생각들이었다.

집에 돌아왔을 때 할머니는 일일드라마를 보고 있었다.

나는 옷을 갈아입고 할머니 옆으로 바짝 붙어 앉았다.

저 남자가 바람이 났구만.

할머니가 텔레비전에서 시선을 떼지 못하며 말했다. 붕어빵을 하나 달라고 해서 반으로 갈라 나눠 먹었다. 어쩐지 저 남자가 문제 있어 보이더라. 나는 다 식은 붕어빵을 우물거리며 작게 맞장구쳤다. 할머니에게서 할머니 냄새가 났다. 고소하고 부드러운 냄새였다. 후각은 인간이 가장 오래 기억할 수 있는 감각이라고 했다. 나는 이 냄새를 아주 오래, 그러니까 평생, 영원히 기억하고 싶다는 생각을 했다. 오랜 시간이 지난 후에 나는 이 냄새를 맡고 오늘을 떠올릴 것이다. 그러나 긴 시간이 흐르면 이 냄새를 어디에서도 맡지 못할 것이란 생각에 곧바로 이르렀다.

생각보다 시간이 참 빨리 지나가지 않아? 당연하면서도 힘 있는 경은의 말을 다시금 떠올렸다. 좋을 때는 느리게, 견디기 버거울 때는 시간이 빠르게 지나가기를 늘 바라왔으나 시간의 속도는 그 반대로만 흘렀다. 할머니는 지금 어떤 속도로 살아가고 있나. 할머니의 옆모습을 보았다. 할머니는 귀에도 주름이 져 있었다. 오래 산 사람의 귀. 부드러워 보였다. 지금 시간은 너무 빠르게 흐르고 있었다. 나중에 뒤돌아보면 오늘은 너무나 뒤에, 점에 가까울 만큼 뒤에 있을 것이다. 고모 덕분인가. 할머니의 주름진 귀를 보게 된 것은 확실히 고모 덕분이었다. 지금은 어디에서 무엇을 하는지 알 수 없는, 돌아올 거라고 해놓고는 연락조차 하지 않는 이 집의 막내딸. 가끔 무언가를 완전히 잊어버린 얼굴을 하곤 했던 나의 고모, 김희라.

멀리

나는 고모와 세 마디 이상 대화를 나눠본 적 없었던 것 같다. 어쩌면 고모는 누구와도 길게 대화하지 않았을지도 모른다. 고모가 내게 했던 말들은 대략 이런 것들뿐이었다. 가서 자. 먹어. 비켜봐. 나의 십대 시절 고모는 늘 그런 식이었다.

그 흐름에서 유일하게 벗어나는 말을 언젠가 고모는 내게 했다. 주말 오전이었다. 할머니와 할아버지는 교회에 가 집에는 고모와 나뿐이었다. 나는 도서관에 갈 준비를 모두 해놓고 허기가 져서 부엌으로 갔다. 고모는 거실 바닥에 앉아 소파에 등을 기댄 채 텔레비전을 보고 있었다. 양손에 하나씩 바나나를 쥐고 고모에게로 갔다. 한 손을 내밀었다.

고모, 먹을래?

고모는 말없이 나를 보다가 바나나를 받아 껍질을 깠다. 나는 소파에 앉았다. 고모는 여행 다큐멘터리를 보고 있었다. 유럽의 어느 도시를 출연진이 걷고 있었다. 갈색 지붕을 얹은 건물들과 도보의 동글납작한 포석이 고아한 정취를 풍겼다. 출연진은 어느 성당을 가리키며 영화에 나온 명소라고 설명했다. 나는 바나나를 느리게 씹으며 그 풍광에 한참 빠져 있다가 고모를 내려다봤다. 고모도 바나나를 아주 느리게 씹고 있었다. 텔레비전에서 눈을 떼지 못하고 있었다.

고모 다 먹었으면 줘.

나는 고모가 대충 뒤로 넘겨주는 바나나 껍질을 받아 부엌에 가서 버렸다. 다시 거실로 나오자 고모가 흘끗 나를 보더니 텔레비전으로 시선을 돌렸다.

문득 고모는 내게 말했다.

어디든 많이 가봐. 멀리도 가보고. 오래도 가보고.

너는 그럴 수 있으니까.

지금에 와서야 나는 다시금 그날을 떠올려봤다.

그해 겨울, 할아버지의 몸이 무척 안 좋아졌다. 이제 할아버지는 남은 생애 내내 주에 세 번씩 신장 투석을 받게 되었다. 대학 병원에 가서 한 시간이 넘도록 피를 빼내고 여과된 피를 다시 넣어야만 했다. 전년도에 무슨 마음을 먹고 샀을지 모를 고모의 중고차는 온전히 할아버지를 위해 쓰이게 됐다. 고모의 형제들은 명절에 집에 와서 고모에게 아버지를 돌봐달라고 부탁했다. 고모는 대형 마트 일을 그만두었고 오후에만 일할 수 있는 곳을 찾아보겠다고 했다. 형제들은 고모에게 생활비를 지급하기 시작했다. 고맙다고, 막내가 고생이 많다고 했다. 할아버지는 일말의 기운마저 잃어갔다. 원래도 서예와 잠으로만 이루어진 삶이었다. 잠의 비중이 점점 더 늘어갔다. 자개장 옆에 요를 깔고 피를 가느라 지독하게 피로해진 몸을 겨우 뉘었다. 일요일이 되면 할머니 혼자 가던 교회를 마른 몸을 끌고 따라가기 시작했다.

할머니는 할아버지의 음식을 더 신경 써서 챙겼다. 모든 음식은 몸에 약이 되어야만 했다. 할머니와 할아버지와 고모와 나는 몸에 좋은 음식만 먹었다. 매일이 보양이었다. 가끔 고모는 음식과 상관없이 아주 크고 뜨거운 것을 삼킨 얼굴을 했다.

너는 그럴 수 있으니까.

도서관 종합자료실의 구석 자리에 앉아 십수 년 전 고모가 내게 했던 말을 곱씹었다. 펼쳐둔 책을 덮어 옆으로 밀어두고 노트를 펼쳤다. 페이지를 넘겨 아무것도 쓰이지 않은 흰 면을 가만히 응시했다.

그리고 나는 쓰기 시작했다.

오직

그녀가 오래도록 좁은 계단을 올라 성당의 첨탑에 다다랐을 때 하늘에는 노을이 지고 있었다. 겨울이라 이른 시간에 노을이 지는구나. 그녀는 새삼스레 생각했다. 그녀 옆으로 관광객들이 서로의 사진을 찍어주느라 어수선했다. 그녀는 한 한국인 커플의 사진을 찍어주었다. 사진 찍어드릴까요? 커플 중 한 명이 그녀에게 물었다. 잠시 고민하던 그녀가 희미하게 웃으며 고개를 끄덕였다. 이곳에 왔다는 흔적을 남기는 게 무슨 의미가 있는지 잘 모르겠다고 생각하면서. 정말 추억은 다 좋은 것일까 의문하면서. 그녀는 여자가 들고 있는 그녀의 휴대폰 렌즈를 바라보며 입꼬리를 끌어당겼다. 그래도 남는다면, 남아야만 한다면 웃는 편이 좋을 거야. 그녀는 자라면서 이런 이야기를 들어왔다. 애가 맨날 기죽어 보이고. 웃지도 않고.

여자가 돌려준 휴대폰 속, 그녀는 입술만 겨우 웃고 있었다. 눈가에는 어떤 긴장이 서려 있었다. 그건 설렘일 수도 있었다.

그녀는 성당을 내려와 거리를 한참 걸었다. 몸이 식자 한기가 돌았다. 이렇게 추울 줄 알았다면. 그녀는 입고 있는 패딩의 모자를 푹 눌러쓰며 생각했다. 이렇게 추울 줄 알았다면 겨울에 오지 않는 거였는데. 하지만 그녀는 늘 겨울을 좋아했다. 그녀는 신록이 푸르르고 온갖 풀 냄새로 빈 데 없이 가득 찬 여름보다는 모든 것이 사그라들고 바람이 통하는 겨울이 좋았다. 늦은 시각이었지만 카페에 들어가 따뜻한 커피를 한 잔 시켰다. 누구도 그녀를 신경 쓰지 않았다. 그녀는 창가에 앉아 가만히 창밖을 바라보기만 했다. 목도리를 둘둘 매고 고개를 푹 숙인 채 걷는 저 사람들은 현지인일 것이다. 풍경 하나라도 더 보려고 빨개진 코끝을 강아지처럼 이리저리 흔드는 저 사람들은 관광객일 것이다.

그녀는 앞을 똑바로 보고 걸어왔다. 그런 그녀는 다른 이들에게 어떤 사람으로 보였을까.

그녀는 커피잔 바닥에 깔린 한 모금의 커피까지 모조리 마시고는 다시 창밖을 바라봤다. 그리고 많은 것을 생각했다. 대체로 비슷한 생각들이었다. 어떤 감정이 물밀듯이 밀려왔다. 그 감정이 빠져나갈 때까지 그녀는 가만히 기다렸다.

오직

준비됐어요?

남자는 그녀의 고글을 가볍게 톡톡 쳤다. 그녀는 고개를 크게 끄덕였다. 며칠간 내리던 눈은 오늘 아침 그쳤다. 하늘과 눈 쌓인 땅은 같은 색. 울창한 침엽수 위에도 눈이 쌓여 있었다. 흰 종이에 세로로 여러 번 붓질을 한 듯한 풍경이었다. 고글 마스크 안쪽이 입김에 젖어 축축해지는 것이 느껴졌다. 그녀는 오늘을 기다렸다. 긴장 탓에 가슴 안쪽이 간질간질했다. 설레버리고 말았다.

그녀는 하루이틀 시간이 날 때마다 스키장에 가서 연습을 했다. 잠이 오지 않는 밤이면 눈을 감고 이미지 트레이닝을 하기도 했다. 상상 속에서 그녀는 넘어지지 않았다. 스키장에서는 수시로 넘어졌고 눈 속에 처박혔으며 턴을 시도하기도 전에 고꾸라지기도 했다. 그녀는 자신의 운동 신경이 남보다 못하다는 것을 진작 알고 있었다. 그렇지만. 그녀는 숨을 깊게 들이쉬었다. 그럼에도 하고 싶었다. 어느 날 텔레비전에서 스노보드를 타는 어떤 여자를 본 후로 완전히 빠져버렸으니까. 심장이 말 그대로 쿵쿵 뛰었으니까. 그 여자는 이렇게 인터뷰했다. 나는 그 순간 완전한 내가 됩니다. 나는 자유로워집니다.

며칠 동안 강사에게 특훈을 받았다. 말도 제대로 통하지 않았지만 손짓발짓을 해가며 배웠고 놀랍게도 실력이 늘었다. 사람은 뭐든지 배우게 돼. 그녀는 새삼스레 생각하기도 했다. 강사는 이제 당신은 준비가 끝났다고 말했다. 마지막으로 당신의 마음만 준비가 된다면, 그것만 해결된다면 당신은 할 수 있을 것이라고.

벗어나고 싶어. 달려나가고 싶어. 완벽하게 미끄러지는 방식으로. 휘청이지만 쓰러지지 않는 방식으로.

호흡을 가다듬었다.

그녀는 콩콩 뛰어 보드를 앞으로 이동시켰다. 절대 바닥을 봐선 안 돼요. 시선은 언제나 먼 곳을 향해야 합니다. 자꾸만 떨어지는 그녀의 고개를 보고 강사는 여러 번 강조해서 말했다. 실패를 생각하면 몸은 굳어버리고 만다. 그녀는 그것을 스노보드를 타면서 명확히 깨달았다. 무릎을 살짝 구부려 중심을 낮췄다. 체중을 양발에 균일하게 싣고 그녀는 미끄러져 내려갔다. 길고 부드럽게 S자를 그려가며 속도를 붙였다.

   지금 그녀는 아무것도 생각하지 않는다. 지금 그녀에게는 그녀의 몸밖에 없다. 그녀는 그녀 자신을 느낀다. 그녀는 그녀로서 완전하다.

타고 남은 것

 졸업식에 아빠가 왔다. 같은 반 친구가 아빠의 카메라를 받아 학교 본관을 배경으로 아빠와 나를 찍어주었다. 아빠는 프리지아 꽃다발을 내게 주었다. 아직 만개하지 않은 프리지아의 꽃망울이 다글다글했다. 좀 징그러웠다. 양손으로 꽃다발을 들고 카메라를 보며 입꼬리를 당겼다.
 졸업식이 끝나고 아빠가 정육식당에서 소고기를 사주었다. 아빠는 더 필요한 것은 없냐고 내게 물었다. 이제 2주 뒤면 거처를 옮겨야 했다. 서울의 끝에 걸쳐진 한 내학교 기숙사가 내가 사는 곳이 될 것이었다. 나는 아빠가 내 앞 접시에 덜어준 꽃등심을 씹었다. 질겨서 오래 씹어야 했다.

아, 이불을 사면 좋겠는데.

아빠는 파절임을 먹으며 그럼 밥을 먹고 이불을 사러 가자고 했다. 아빠와 나는 빠르게 후식 냉면을 해치우고 식당을 나왔다. 아빠의 차를 타고 대형 마트로 갔다. 식당에서 대형 마트의 주차장까지 오는 동안 아빠와 나는 별말이 없었다. 날이 많이 따뜻해졌다느니 오늘 졸업식이 많아서 거리에 차가 많다느니 하는 이야기만 아빠가 가끔 꺼냈을 뿐이었다. 교복 위로 입은 더플코트가 무겁게만 느껴져 코트를 차에 벗어두고 매장으로 갔다. 이불을 파는 코너에 가서 내 키를 훌쩍 넘는 데까지 진열된 이불들을 한참 살펴보았다. 내가 덮을 이불을 스스로 고르는 게 태어나서 처음이라 신중을 기했다. 그동안 아빠는 자동차용품 코너를 둘러보았다. 흰 바탕에 하늘색 줄무늬가 있는 차렵이불 한 채를 카트에 넣자 아빠는 힐끗 보고는 그거면 되냐고 묻기만 했다.

이불을 들고 집으로 돌아왔다. 아빠는 나를 내려주고는 광주에 온 김에 일 처리를 좀 해둬야겠다면서 또 어디론가 갔다. 할아버지는 안방에서 자고 있었고 할머니는 거실에서 콩나물을 다듬고 있었다. 고모는 방에 있는 건지 잠시 집을 나간 건지 알 수 없었다. 이불을 구석에 두고는 침대에 걸터앉았다. 치마 주머니에서 휴대폰을 꺼냈다. 졸업식인데 얼굴도 못 봐서 미안하다고, 서울 가기 전에 꼭 맛있는 걸 같이 먹자고 엄마에게 문자가 와 있었다. 괜찮다고 답을 보내면서 엄마와 만날 날을 약속 지었다. 휴대폰을 옆에 두고는 풀썩 누웠다. 아무것도 변한 게 없어. 졸업은 뭔가 허망한 데가 있었다. 무언가가 필요했다.

  저녁을 먹고 경은과 나는 우리 동네에서 만났다. 검은색 뜨개 목도리를 목에 마구 두른 경은은 눈과 코만 보였는데 붉은 갈색으로 염색한 머리칼의 존재감이 대단했다. 우리는 아파트 단지에 딸린 야외 테니스장으로 향했다. 말이 테니스장이지 테니스를 치는 사람을 본 적은 없었다. 테니스 코트가 있는 공터에 가까웠다. 낮에는 그곳에서 가끔 남자애들이 공을 찼고 밤에는 몇 애들이 모여서는 킬킬거리며 담배를 피웠다. 우리는 어둑한 테니스장을 천천히 가로질렀다. 다행히 담배를 피우는 애들은 없었다. 아, 저기 있다. 경은이 팔을 뻗어 검지로 어둠에 반쯤 가려진 드럼통을 가리켰다.
  문제집과 교과서는 진작 버렸다. 수능 다음 날이었다. 3학년들은 학교에 도착해서는 사물함에 가득한 교과서와 노트와 문제집을 품에 안아 들고 본관 1층의 뒷문으로 나갔다. 학교 뒷마당 구석에는 분리수거장이 있었다. 일주일에 한 번씩 트럭이 와서 종이류를 모두 소각장으로 가지고 갔다. 보통은 분리수거장 맨 왼쪽에 종이상자가 차곡히 접혀 있곤 했으나 그날만큼은 다른 풍경이었다. 거기에 우리가 일 년간 지긋지긋하게도 봐왔던 교과서와 문제집이 잔뜩 쌓였다. 종이에는 검은 잉크로 글자가 인쇄되어 있고 군데군데 붉고 푸른색이 있었지만 총합으로는 흰색. 어떤 아이들은 책을 모조리 찢어 종잇장을 뿌리듯이 버렸다. 나도 거기에 가담해 교과서를 북북 찢었다. 그날만큼은 선생님들도 우리에게 별말을 하지 않았다. 찢긴 페이지가 1층 복도를 나뒹굴어도, 난데없이 누군가 소리를 질러도 괜찮았다.

하지만 거기에 이것까지 버릴 수는 없었다. 나는 쪼그려 앉아 메고 온 백팩을 흙바닥에 내려놓았다. 백팩에서 일기장 하나를 꺼내어 활짝 펼쳤다. 그리고 손에 힘을 주어 찢었다. 경은은 들고 온 타포린 쇼핑백에서 두툼한 책을 꺼냈다. 경은이 미용 기능사 필기시험을 준비할 때 공부했던 문제집이었다. 경은은 지난달에 필기와 실기까지 모두 합격해 이미 시내의 2층짜리 미용실에서 스태프 생활을 하고 있었다. 경은은 요새 자기의 삶은 쓸고 닦고 감기고 말리는 것으로 가득 차버렸다고 했다. 매장을 쓸고 닦다가도 누군가의 머리를 감기고 말려야만 하는 경은은 그 일만으로 하루 열 시간 넘도록 보내고 있었다. 나도 스트레스 풀고 싶었는데 잘됐어. 몇 시간 전 내가 전화로 건넨 제안에 경은은 그렇게 말했었다.

주머니에서 라이터를 꺼내 찢은 페이지에 불을 붙였다. 종이는 쉽게 타들어갔다. 경은도 찢은 문제집에 불을 붙이고 드럼통 안으로 잽싸게 넣었다. 불길이 사그라들지 않도록 우리는 작게 조각낸 종이들을 조금씩 집어넣었다. 불길이 드럼통 위로 붉고 유연하게 솟아올랐다. 우리 오늘 밤에 자다가 오줌 싸는 거 아냐? 경은은 연기 때문에 캑캑거리면서도 들뜬 목소리로 말했다. 나는 전부 불태워버리자고 경은을 데려와놓고는 누군가에게 들킬까 봐 걱정되어 수시로 주변을 둘러보았다. 그러면서도 계속해서 일기장을 찢어 드럼통에 넣었다. 경은의 문제집은 이미 다 드럼통 안에 들어간 지 오래였다. 나는 너무 오래전에 썼던, 자물쇠가 달린 일기장을 마지막으로 꺼냈다. 하드커버인 데다가 자물쇠까지 있어 어떻게 찢어야 할지 모르겠어서 통째로 던져버렸다. 드럼통 안에서 불꽃이 작게 터졌다. 이제 다 타고 없어질 것이었다. 내 삶의 어느 구간을 싹둑 잘라낸 것만 같아 내내 개운한 마음이었는데 문득 속에서 뭔가가 울컥 솟아올랐다.

경은과 나는 타닥타닥 타오르는 불길을 몇 발짝 떨어진 자리에서 지켜보았다.

나 진짜 서울 갈 거야. 방 보증금 모을 때쯤이면 경수도 많이 컸겠지.

경은이 장난스레 양손을 주먹 쥐며 말했다. 딱 기다려라, 김나진.

불길이 사그라들고 매운 연기가 더는 올라오지 않을 때 우리는 다시 드럼통 앞으로 갔다. 한 조각도 남기지 않고 모조리 탔는지 확인하기 위해서였다. 나는 공터 구석에서 주운 긴 나뭇가지로 드럼통 안을 뒤적거렸다. 경은이 뒤에서 휴대폰 플래시를 비춰주었다. 톡. 작은 소리와 함께 나뭇가지에 무언가가 걸리는 게 느껴졌다. 뭐지? 경은이 플래시를 더 가까이 비췄다. 나는 나뭇가지로 조심스레 주변의 재를 털어냈다. 무언가 반짝였다. 경은과 나는 드럼통 안쪽으로 고개를 숙여 유심히 보았다. 거기 반쯤 재를 뒤집어쓴 작은 자물쇠가 반짝이고 있었다.

우리는 가벼워진 가방을 들고 테니스장을 나와 마트에 갔다. 맥주 두 캔을 사서 내가 사는 아파트에 딸린 작은 놀이터로 향했다. 우리는 그네에 앉아 맥주 캔을 땄다. 손이 시렸다. 어른들은 무슨 맛으로 맥주를 먹는 건지 도통 이해가 되지 않았다.

이번 달에 서울 간다고? 경은이 물었다.

응. 나는 맥주를 홀짝이며 답했다.

아이씨 같이 여행 한 번을 못 가보네.

다음에 가면 되지.

그치. 다음에 가면 되긴 하지. 코를 훌쩍이던 경은이 목에 두른 목도리에 코까지 얼굴을 파묻었다. 바로 일 시작하지 말걸. 좀 놀다가 할걸.

나는 괜히 신발코로 그네 아래 흙을 팠다. 그네가 가볍게 흔들렸다. 바람이 차서 코가 시렸다. 콧물도 나올 것 같았다. 나는 코를 훌쩍이고는 괜히 놀라서 고갤 돌려 경은을 봤다. 나 우는 거 아니야. 내 말에 경은이 똑같이 받아쳤다. 너도 오해하지 마. 나도 우는 거 아니니까. 나 감기 걸려서 그래.

우리는 맥주를 다 마시고서도 자리를 떠나지 않았다. 코와 귀가 얼고 발가락 끝에 한기가 스밀 때까지도.

방

 엄마는 내내 웃다가 마지막엔 조금 울었다. 고마워서 그렇지. 미안해서 그렇지. 엄마와 나는 처음으로 함께 술집에서 맥주를 마셨다. 한 상가 건물의 호프집이었다. 닭꼬치를 앞에 두고 엄마는 냅킨을 뽑아 눈가를 훔쳤다. 광주에 올 때 꼭 연락해야 해. 나는 당연한 거 아니야? 말하며 웃었다. 나는 이제 그런 말을 하는 엄마 앞에서 조금 웃으면서 지금을 넘길 수도 있었다. 먼저 택시를 탄 나를 엄마가 내내 지켜보았다. 나 또한 멀어지는 엄마를 택시 뒷좌석 창문으로 내내 보았다.

떠나는 날에는 할머니가 오래도록 내 짐을 살폈다. 혹여라도 빠진 것이 있는지 걱정하는 것 같았다. 함부로 돈 쓰지 말고 필요한 물건은 모두 챙겨가라고 할머니는 며칠 전부터 당부했다. 파리한 할아버지가 나에게 악수를 건넸다. 악수하지 않은 손으로는 나의 등을 몇 번 다독였다. 앙상한 손이었지만 온기를 느낄 수 있었다. 이제껏 말로도 행동으로도 보여주지 않았던 온기였다. 고모는 내가 집을 나갈 때쯤 거실로 나와 잘 가라고 내게 말해주었다.

전날 밤, 할머니와 할아버지가 잠든 시각에 고모는 나를 불렀다. 내 방으로 와봐. 고모를 따라 부엌 옆방으로 갔다. 그 방에 들어간 건 굉장히 오랜만이었다. 고모는 좌식 화장대 앞에 앉더니 너도 앉아, 내게 말했다. 나는 고모와 조금 떨어져 멀뚱히 앉았다. 고모는 화장대의 서랍을 열어 봉투 하나를 꺼내었다.

별건 아니고.

고모가 건네는 봉투를 받았다. 누가 봐도 돈이었는데 나는 모르는 척 고모에게 물었다.

뭔데?

용돈 하라고. 이제 가봐.

고모는 내게 등을 돌려 이미 펴둔 이부자리의 베개를 정리했다. 나갈 때 불 좀 끄고.

방에 들어가 봉투를 확인해보니 오만 원권이 스무 장이나 있었다. 나는 그것을 가방 가장 깊숙한 곳에 찔러넣었다.

아빠는 차로 나를 학교까지 데려다주었다. 우리에게는 대화를 나눌 시간이 무척이나 많았다. 적어도 네 시간은 꼼짝없이 차에 함께 있어야 했다. 아빠는 밤늦게 돌아다니지 말라거나 돈을 함부로 쓰지 말라거나 하는 잔소리를 했다. 나는 연신 고개를 끄덕이기만 했다. 이제 네 인생은 네 힘으로 사는 거야. 아빠의 말에 나는 고개를 돌려 아빠를 보았다.

무슨 소리야? 이제껏 내 힘으로 살아왔는데?

아빠가 힐끗 나를 봤다. 네가 무슨 네 힘으로 살아. 아빠에 할아버지에 할머니, 다 그 품에서 살았지. 나는 좌석 시트에 몸을 깊게 파묻었다. 맞는 말 같았다. 하지만 비중이랄까 순서가 좀 달랐다. 엄마와 고모도 그 안에 들어가야 했다. 힘은 어떻게 기르는 거지? 인생을 스스로 책임지는 힘이라는 건 도대체 뭐지? 서울로 가는 길은 막혔다. 새벽부터 출발했는데 도착했을 땐 이미 입학식의 1부가 끝나갈 무렵이었다.

라면 박스 두 개에 나눠 담은 옷가지와 책 몇 권, 그리고 이불 한 채가 내 짐의 전부였다. 아빠는 짐을 기숙사까지 옮겨주었다. 아빠와 나는 근처 식당에서 늦은 점심을 먹었다. 가족으로 보이는 사람들 몇이 밥을 먹고 있었다. 아빠와 나는 더 이상 나눌 말이 없기도 했지만 무척 허기지기도 해서 조용히 밥만 먹었다. 식당을 나와서는 교정을 함께 둘러보았고 다시 교문에 다다라서는 데면데면 악수를 하고는 헤어졌다.

그날 밤, 3인실 기숙사에서 누군가가 뒤척이는 소리를 들으며 눈을 꼭 감고 있을 때, 잠들지 못해 괴로운 것인지 잠들고 싶지 않은 것인지 분간되지 않는 상태로 새 이불을 두 손으로 쥐고 있을 때, 나는 내가 누운 이곳이 그 집이 아니라는 사실에 놀라워했다.

정말로 그 집을 나왔어. 실감이 나지 않았다. 잠은 오지 않을 게 뻔했다.

오직

그녀는 부엌 딸린 작은 방을 오래도록 빗자루로 쓸었다. 손잡이가 옆으로 길쭉한 빗자루라 내내 쪼그려 앉아 방바닥을 훑어야 했다. 며칠 전에 청소를 했지만 어느새 머리카락과 먼지가 곳곳에 있었다. 언제 떨어졌는지 모를 고추씨도 바싹 말라 바닥에 떨어져 있었다. 걸레질까지 하고 나니 노란 장판이 번쩍거렸다. 이제야 만족스러웠다. 기지개를 길게 켰다. 점심을 차려 먹고 산책을 나갈 것이다. 오늘 그녀가 할 일은 그것이 전부였다.

개수대 앞에 서서 미리 삶아둔 시래기의 얇은 막을 벗겨냈다. 냄비가 끓기 시작했다. 된장국은 그녀의 어머니가 좋아하는 음식이었다. 그녀의 어머니는 늘 말했다. 된장국은 소화제다. 된장은 몸에 좋으니 남기지 말고 다 먹어야 한다. 손질을 마친 시래기를 먹기 좋게 썰었다. 두 줌의 시래기를 냄비에 넣고 뚜껑을 닫았다. 시래기는 오래 끓일수록 부드럽고 맛이 좋았다. 요리라곤 싫어했는데 이제는 제법 자신도 있었다. 칼을 쥐고 어떤 음식을 만드는 데 크게 주저하지 않았다. 물론 대단한 요리는 아니었지만. 부엌 옆 작은 창을 열었다. 바깥바람이 훅 끼쳤다. 바람에 바다 냄새가 섞여 있었다. 짭조름하고 시원했다.

시래기 된장국에 밥 한 공기. 그게 그녀의 점심이었다. 금세 밥을 해치우고는 간단히 설거지했다. 일할 때의 습관이 몸에 남아 있는지 그녀는 여전히 밥을 급하게 먹었다. 매번 식사를 마치고서야 아, 밥을 천천히 먹어야 하는데, 작게 후회했다.

양말을 한 겹 더 신고 털모자를 썼다. 외투의 지퍼를 끝까지 잠갔다. 패딩 부츠를 신고 집을 나섰다. 골목을 빠져나가 눈앞에 펼쳐진 바다를 잠시 바라보았다. 날이 흐려 하늘은 회색빛이었다. 바다는 푸르다기보다는 검었다. 그래도 마음이 씻겨 내려가는 기분. 여름에는 이곳에 서핑하는 사람들이 모인다고 했다. 서핑이라니. 바다에서 중심을 잡는 일이라니. 그녀는 상상도 하기 힘들었다.

바다를 왼편에 두고 걸었다.

그녀는 그렇게 바라는 것이 많지 않았다. 욕심 많은 삶은 아니었다고 그녀는 생각했다. 다만 지금만큼은 조금만. 그녀는 무언가가 끝도 없이 차오르는 걸 느껴왔다. 그걸 조금만 비워낼 수 있다면. 많이도 아니고 조금만. 숨을 깊게 들이쉬고 길게 내쉬었다. 입김이 입가에서 짧게 퍼졌다가 사라졌다. 입술이 차가워지는 게 느껴졌다. 그녀는 무언가를 계속해서 생각했다. 대부분 비슷한 생각들이었다.

삶은 상도 벌도 아니야.

그녀는 그렇게 생각하고는 화들짝 놀랐다. 어째서 내가 이런 생각을 하지? 바닥만 보고 걷다가 컴컴하고 작은 동굴 같은 데에 도착해버린 기분이었다. 그녀는 찬바람을 맞으며 계속해서 걸었다.

삶은 상도 벌도 아니야. 삶은 그저 삶.

여러 번 생각하니 무슨 노랫말 같기도 했다. 말의 무게가 조금 가벼워진 것 같았다. 이제 그것은 오직 그녀만의 노래가 되었다. 그녀는 작게 흥얼거려보았다. 여러 음률에 그녀가 지은 가사를 얹어보았다. 몇 번의 시도 끝에 마음에 쏙 드는 것을 찾았다. 그녀는 다시 불러보았다. 노래는 슬프기도 했고 흥겹기도 했다. 좀 귀여운 노래인 것도 같았고 가여운 노래인 것도 같았다. 그녀는 해안 길을 오래도록 걸으며 노래를 반복했다. 노래를 반복하는 동안은 아무 생각도 하지 않았다.

오직

그녀는 애인의 목덜미에서 눈을 떴다.

간지러웠어.

그녀의 애인이 푸시시 웃었다. 간지러운데 너무 곤히 자서 뒤척일 수가 없었네. 애인이 그녀의 흐트러진 머리칼을 쓸어내렸다.

아기처럼 잤어. 쌔근쌔근.

그녀는 조금 부끄러웠다. 이불 밖으로 드러난 맨살이 서늘해 이불을 목까지 끌어당겼다. 지금 몇 시야? 애인에게 물으니 애인은 무언가를 골똘히 생각하듯 눈을 굴렸다. 아마도 아침일걸? 시계를 안 봐서 모르겠네. 애인이 모로 누워 그녀의 얼굴을 물끄러미 바라보았다. 그녀 또한 모로 누워 애인의 얼굴을 물끄러미 바라보았다. 나와 다른 얼굴. 그러나 꼭 내가 나를 바라보는 것만 같은 착각에 빠지게 하는 눈빛이었다. 저 눈동자 속에 내가 정말로 있어. 나의 눈동자 속에는 네가 정말로 있지.

나 꿈을 꿨어.

애인은 말했다. 꿈에서 내가 너에게 가고 있었어. 네가 나를 오래 기다렸다는 걸 나는 알고 있었어. 그래서 달려갔어. 정말 열심히 뛰어갔어. 그런데 자꾸만 물웅덩이를 밟고 넘어지고 휘청거렸어. 네가 나를 기다리는데, 빨리 너에게 가서 내가 왔다고, 내가 왔으니 더는 나를 기다리지 않아도 된다고 안심시키고 싶었는데 너에게 가는 길은 자꾸만 늘어나고 끝도 없이 길어졌어. 참담했어. 네가 이미 내 속에 들어와서 울고 있는 기분이었어. 그러다가 잠에서 깼어. 그런데 네가 내 목에 콧김을 흘리고 있는 거야. 내 목이 간지러운 거야. 네 숨이 너무 가까이 있어서 내가 얼마나 안도했는지.

애인이 그녀의 코를 검지로 톡톡 쳤다. 검지 끝이 따뜻했다. 그녀와 애인은 이불 속에서 따스했다. 이불 밖으로 꺼낸 얼굴만 한기를 느꼈다. 그녀는 한겨울 이불 속에 있는 이런 순간을 좋아했다. 약간의 한기. 묵직한 이불이 주는 안정감.

나도 꿈을 꾸었는데.

그녀는 말했다. 어린 여자아이가 꿈에 나왔어. 그 아이는 책상 앞에서 무언가 골똘한 표정을 짓고 있었어. 아이에게 다가갔어. 그런데 말이야, 걷는데 내가 자꾸만 작아졌어. 아, 아이가 되어버렸다 생각했어. 아이가 되어 아이에게로 걸어갔어. 그 아이는 여전히 골똘한 표정으로 무언가를 바라보고 있었어. 아이 앞에 펼쳐진 것. 그건 아무것도 쓰이지 않은 책이었어. 아주 하얀 책. 다 쓰여서 아무것도 남지 않은 것인지 아직 쓰이지 않아 흰 것인지 알 수 없는 그런 책. 얘, 하고 아이를 불러봤는데 아이는 나를 돌아보지 않았어. 너 뭐 하고 있니. 거긴 내 자리인데. 아이는 내 목소리는 들리지도 않는다는 듯이 집요하게 그 책만을 바라봤어. 아이가 필통에서 펜 한 자루를 꺼냈어. 그거 내 건데. 아이는 여전히 나를 돌아보지 않았어. 나는 아이의 얼굴을 보고 싶었어. 아이가 책 위에 올려둔 펜을 내가 집었어. 책의 한 귀퉁이를 눌러 내 쪽으로 끌어당겼어. 그제야 아이가 나를 돌아봤어. 그런데 말이야. 그 얼굴. 너무 익숙한 얼굴이었어. 분명히 내가 아는 얼굴이다. 내가 아는 아이다. 나는 그 얼굴을 오래도록 보았는데 누구인지는 생각나지 않았어.

누구였을까.

애인이 그녀를 품에 안았다. 서로의 피부가 부드럽게 닿았다.

그런데 정말 누구였을까.

그녀는 이불 속에서, 애인의 품 안에서 골똘해졌다. 이미 알고 있는 그 표정을 했다.

방

너의 방을 마련했다.

나는 그 이야기를 아빠와 엄마에게서 전화로 들었다. 이제 나만의 방이 있었는데도.

6평짜리 방이었다. 한 학기 만에 기숙사를 나와 학교 근처의 원룸을 구했다. 누우면 싱크대가 보였다. 방은 침실과 거실과 부엌의 몫을 다하느라 늘 비좁았다. 쓸고 닦는 일은 금방 끝났다. 그게 유일한 장점이었다. 방학이었지만 나는 광주에 가지 않고 그 방에 머물렀다.

어느 날 아침 아빠가 내게 전화를 걸어왔다.

아빠는 재혼을 준비하며 광주로 이사했다고 했다. 작은

아파트지만 신축이라고 했다. 지난 명절에 아빠와 함께 할머니 집에 왔던 누군가, 고모의 또래 정도로 보였던 그 여자가 이제 아빠와 함께 살게 될 것이었다. 정착,이라는 단어가 떠올랐다. 아빠는 정착하는 데 너무 오래 걸렸다. 이사한 집은 할머니 집과는 차로 30분 정도 떨어진 곳에 있었다.

 방이 두 개인데 하나는 네 방으로 준비했다.

 아빠는 덤덤하게 말했다. 언제든 와서 편하게 써라.

 몇 주가 지나 열대야가 사라지고 개강이 얼마 남지 않았을 때였다. 밤낮이 바뀌어버린 나는 11시가 넘었는데도 여전히 정신이 맑았다. 학교 도서관에서 빌려온 책을 조금 읽다가 책장에 꽂혀 있는 책을 또 몇 페이지 읽다가 결국 다 집어치우고 미국 드라마를 몰아 보며 시간을 뭉텅이로 흘려보내고 있었다.

 엄마는 그 시간에 내게 전화를 걸어왔다.

 무슨 일이 생긴 걸까 걱정이 되었다. 그 여름, 엄마는 두 번째 남편과 헤어졌다. 엄마의 아이, 그러니까 준우는 이제 여섯 살이었다. 준우를 혼자 키울 것이라고, 엄마는 최근의 통화에서 그렇게 말했었다. 그렇게 되었어. 덤덤하지만 어딘가 쓰디쓴 말투였다. 하지만 엄마는 씩씩해. 엄마는 괜찮아.

딸, 엄마는 하나도 슬프지 않아. 알지? 엄마는 굳세잖아.

그날 엄마는 스스로에게 주문을 걸듯 몇 번이나 말을 반복했다. 나도 엄마의 말을 받아 그대로 돌려주었다. 맞아. 엄마는 씩씩해. 엄마는 괜찮을 거야. 엄마는 굳세니까. 엄마는 슬프지 않아.

밤늦게 엄마에게 전화 온 적은 없었는데. 보고 있던 드라마를 일시 정지 해두고 전화를 받았다. 나진아아. 엄마가 말끝을 길게 늘였다. 엄마가아아 술으을 조오금 마셨어어어. 술으을 마시니까아아 딸 목소리가아 너무 듣고 싶은 거야아아. 나는 안도하며 응응, 엄마의 말에 장단을 맞춰주었다.

엄마가아 오늘 이사를 했어어. 그래서 엄마 동료들이이 집들이를 와서 술을 마셨는데에 엄마가아 좀 취했지이. 미안해애.

나는 괜찮다고 했다. 동료들과 재밌게 놀았으면 된 거 아니냐고 했다. 어차피 잠도 안 와서 통화도 길게 할 수 있다고 했다.

엄마가아 있잖아아. 꿈이 하나가 있었어어. 엄마 마음에 짐이이 하나가 뭐였냐며언 네 방을 안 만들어준 거어. 그거 하나가 엄마 마음에 콕 박혀서느은. 엄마가아 지이이인짜아 너한테에 너어무 미안하고오. 그래서어 엄마가 집 구할 때 이번엔 무조거언 네 방을 만들 거라고오 생각했어어.

  나진아아. 이제 엄마 집에 오면 네 방이 있어.

  언제 엄마 집에 와주라아, 으응?

오직

 그녀는 기도하고 있다.
 작은 예배당의 가장 뒷자리에 앉아 양손을 꼭 쥐고서 그녀는 기도한다.
 그녀의 어머니가 이 사실을 알게 된다면 무척이나 환영할 것이다. 그녀의 어머니가 평생토록 권유했으나 그녀는 단 한 번도 함께 교회에 가지 않았다. 신에게 무언가를 빈다니. 그녀는 무엇도 빌고 싶지 않았다. 신에게 빌지 않아도 되는 삶을 살고 싶었다.
 그러나 지금 그녀는 눈을 감고 숨을 고르며 기도한다. 기도가 무엇인지도 모르는 상태로 하는 기도. 그녀는 양손을 맞잡았으나 무엇도 바라지 않는다. 다만 그녀의 어머니가 평생 바라왔던 것이 무엇이었을까 짐작해볼 뿐이다. 건강이라거나 화목이라거나 행복. 아마도 그녀의 어머니는 그런 걸 바랐을 것이다.

행복해지고 싶다고 바라지 않을 거야.

그녀는 생각한다.

행복을 바라지 않아.

그녀는 고쳐서 생각한다.

아무것도 바라지 않아.

오랜 기도 끝에 눈을 떴다.

그녀는 긴 잠에서 깨어난 기분이었다.

옮겨 적기

　샤프심이 톡 부러졌다. 부러진 심을 노트 옆에 치워두고 샤프펜슬의 머리를 눌렀다. 가늘고 검은 심이 또각또각 조금씩 나왔다. 아직 쓸 게 남아 있었다.

　한참을 쓰다가 문득 시계를 보니 오후 4시가 다 되어가고 있었다. 아차. 노트를 덮고 가방을 챙겼다. 맞은편에 앉은 할아버지가 신문에서 시선을 떼고 나를 잠깐 보았다. 할아버지의 꽁지 묶은 머리칼은 오늘도 단정했고, 도서관 종합자료실은 역시나 정숙했다.

　집에 돌아가는 길에 엄마와 통화를 했다. 엄마는 무슨 일이냐고 내게 물었다. 약간 걱정하는 투였다.

아무 일도 없는데. 그냥 전화해봤지.

내내 광주에 있었다는 말은 하지 않았다. 분명 엄마가 서운해할 테니까. 올해 들어서는 엄마와의 첫 통화였다. 엄마는 몇 년 전에 요양보호사 자격증을 따서 지금은 나주의 한 요양병원에서 일하고 있었다. 고되지만 일을 할 수 있는 게 어디냐고 엄마는 말했었다.

엄마는 최근에 함께 일하는 사람들끼리 동호회를 하나 만들었다는 소식을 내게 전했다. 무슨 동호회? 휴대폰 스피커를 통해 엄마의 의기양양한 목소리가 들려왔다. 배, 드, 민, 턴. 엄마가 에이스야, 에이스. 나는 배드민턴을 치는 엄마를 상상해봤다. 키가 작고 나와 입술 모양이 닮은 엄마. 이리저리 뛰느라 크게 호흡하는 엄마. 셔틀콕의 움직임에 따라 눈이 바쁘게 움직이는 엄마. 언제든 셔틀콕을 향해 달려갈 준비가 되어 있는 그런 엄마를.

너도 운동을 하나 해봐. 그게 얼마나 삶에 활력이 되는 줄 아니? 엄마는 이제 배드민턴을 위해 살아.

나는 에이스가 된 엄마를 진심으로 축하해주었다.

할머니는 밥을, 나는 남은 수제비를 저녁으로 먹었다. 불어 터진 수제비는 정말 맛이 없었지만 그래도 꾸역꾸역 먹었다. 저녁을 먹고 할머니의 저녁 약을 챙긴 다음 텅 빈 약주머니에 새롭게 약을 채워 넣었다. 광주에 온 지 3주밖에 안 되었다니, 몇 달은 지낸 기분이었다.

  갓 끓인 보리차를 머그컵 두 잔에 따라 거실로 나왔다. 할머니와 나는 보리차를 마시며 일일드라마를 봤다. 이제 나는 드라마 속 그들과 약간 친해진 기분이었다. 지금 나는 아무것도 바라지 않았고 무엇에도 골몰하지 않았다. 할머니가 옆에서 졸길래 방에 들어가서 제대로 자라고 했다. 할머니는 왜 졸릴까, 왜 졸릴까 말하면서 거실에 누웠다. 내가 베개를 챙겨주자 할머니는 본격적으로 자려는지 모로 누워 이불을 어깨까지 끌어당겼다. 할머니 머리 아래로 편백나무 칩 베개가 바작바작 소리를 냈다.

  텔레비전 소리를 작게 줄이고 나도 할머니 옆에 누웠다. 누운 채로 채널을 여러 번 돌리다가 여행 다큐멘터리에서 멈췄다. 카메라는 고원을 비추고 있었다. 눈 쌓인 산이 화면에 가득 찼다. 키 작은 아이들이 마당에서 공을 차고 놀았다. 하늘은 푸르렀고 아이들의 뺨은 붉었다. 소리를 최소로 줄여두어 아이들의 웃음소리는 들리지 않았지만 나는 그 소리를 제대로 듣고 있는 것만 같았다. 나와는 아주 멀리 떨어진 곳에 있는 아이들의 웃음소리를.

내가 어쩔 도리 없다는 듯 잠에 항복해버렸을 때, 할머니는 잠에서 깨어났다. 어디선가 아이들의 웃음소리가 들려왔다. 아이들이 웃는다. 아이들이 웃는다. 나는 아직 잠들지 않았다는 듯이, 완전히 항복한 것은 아니라는 듯이 꿈결을 헤집으며 기어코 생각을 이어가는데 부드럽고 미지근한 손이 나의 어깨를 쓸어내리는 것을 느꼈다. 이 온도를 옮겨 적을 수는 없나. 나는 꿈의 입구로 빨려 들어가면서 그런 생각을 했다. 꿈속에서라면 가능할지도 모르겠다. 꿈속에서 나는 아주 크고 멋진 노트를 가질 거다. 향기와 온도를 적을 수 있는 마법의 펜을 가질 거야. 그리고 이걸 모두 옮겨 적어야지. 기억해야지.

얼굴

아침을 먹고 청소를 시작했다. 거실에 깔린 누빔 매트를 탈탈 털고 먼지가 바닥에 내려앉기를 기다린 후에 청소기를 돌렸다. 매주 청소했는데도 이렇게 무언가가 많이 떨어져 있다니. 더럽히지 않으려 조심히 생활했는데도 그랬다. 청소기 먼지 통에 회색빛 먼지가 동그랗게 뭉쳐 있었다. 할머니는 안방에서 선잠을 자다가 내가 청소기 돌리는 소리에 깼다. 괜히 거실에 나와서는 여기를 더 청소해야 한다, 저기는 내가 어제 다 닦았다, 참견했다. 아, 할머니 내가 알아서 할게. 할머니는 그래도 나를 졸졸 따라다녔다. 화장실을 청소할 때는 화장실 바깥에 아예 자리를 잡고 앉아 빡빡

닦으라고 저기도 닦으라고 잔소리했다. 입을 꾹 다물고 할머니를 째려보자 무섭다 아이고 무서워, 하면서 장난스레 고개를 흔들었다. 화장실 청소를 마치고 나오니 그제야 깨끗하게 잘한다면서 짧게 칭찬해주었다.

 청소를 다 하고는 따뜻한 물에 오래 샤워했다. 몸이 풀리는 기분이었다. 손으로 괜히 어깨도 주무르고 허리를 숙여 종아리도 꾹꾹 눌렀다. 점심으로는 고구마를 쪄 먹어야지. 너무 열정적으로 청소한 탓인지 배가 고팠다. 고구마에 배추김치를 얹어 한입 가득 먹고 싶었다.

 안방의 자개 화장대에서 머리를 말리려다 말고 할머니의 로션을 얼굴에 발랐다. 할머니 화장품에서는 인삼 냄새가 났다. 화장대 거울에 먼지가 조금 쌓였길래 휴지로 대충 닦아냈다. 휴지를 화장대 옆에 있는 작은 휴지통에 넣고 그 옆에 놓인 손바닥보다 큰 철제 상자를 물끄러미 보다 뚜껑을 열어봤다. 원래는 과자가 담겼을 그 상자 안에 머리띠와 머리끈, 매니큐어 같은 것들이 있었다. 언젠가의 내가 소중히 여겼던 것들. 좀처럼 물건을 버리지 못하는 할머니는 집 안 곳곳에서 찾아낸 내 물건들을 하나씩 모아두었을 것이다. 망사로 감싸인 머리띠는 분명 하늘색이었던 것으로 기억하는데 지금은 회색에 가까웠다. 매니큐어는 경은과 함께 시내에서 샀던 것이었다. 산호색과 검은색. 조금 극단적인 선택이 아닌가. 지금의 나는 이렇게 생각했다. 상자의 구석에는 귀걸이 한 쌍이 있었다. 귀에 딱 달라붙는 별 모양 귀걸이였다. 경은이 생일 선물로 내게 준 것이었다. 귀걸이는 원래의 반짝임이 사라지고 검게 녹슬어 있었다. 학교 선생님의 눈을 피하려고 머리카락으로 가리고 밤이면 밤마다 소독했던 귀는 고등학생 때 막혀버렸다. 지금 귓불에는 작은 점처럼 흔적만 남아 있을 뿐이었다. 사진 찍어서 경은에게 보낼 생각으로 귀걸이를 화장대 위에 올려두었다.

　드라이어로 머리카락을 다 말리고 물끄러미 화장대 거울을 보았다. 거울을 보면서 언젠가 들었던 말을 다시금 떠올렸다. 애가 맨날 기죽어 보이고. 웃지도 않고. 나는 입꼬리를 끌어당겨봤다. 어째 눈 밑이 퀭한 것 같기도 하고. 약간 살이 빠진 것 같기도 했다. 그렇지만 기가 죽어 보이지는 않았다. 대단히 웃는 상은 아니지만 그렇다고 아주 울적해 보이지도 않았다. 나는 양손으로 뺨을 가볍게 쳤다. 찹, 하는 소리와 함께 정신이 들었다. 고구마를 찌자. 몸을 일으켰다. 그때 삐빅, 하는 소리가 들렸다. 도어록 버튼이 눌리면서 나는 소리였다.

고모는 집을 떠났을 때와 같은 차림이었다. 현실인가? 의문하다가 아무래도 이것은 현실, 현실이다 생각하며 현관의 중문을 열어주었다. 아, 고마워. 고모가 패딩 부츠를 벗고 캐리어를 포함한 세 개의 가방을 이고 지고 끌며 안으로 들어왔다. 오메. 거실에서 간식으로 한과를 먹으며 가요 무대 프로그램을 보던 할머니가 어느새 뒤돌아 고모와 나를 보고 있었다.

엄마, 미안. 너무 늦게 왔지.

고모가 가방을 소파 옆에 두고 할머니 앞에 앉았다.

어딜 갔다 이제 오냐.

할머니의 말에 고모는 조금 웃기만 하더니 뭘 이렇게 묻히고 먹어, 하며 할머니 입가에 붙은 한과 조각을 떼어냈다.

어째 손이 그렇게 차냐. 할머니가 고모의 손목을 잡고 자신의 뺨에 가져다 댔다. 어디에 있었길래 이렇게 차냐. 고모의 손가락이 붉었다. 고모의 손은 잠시 어쩔 줄 모르다가 천천히 손가락을 폈다. 할머니의 뺨에 온전히 맞닿았다.

고모가 긴 샤워를 마치고 빨랫감 한 더미를 세탁기에 돌리는 동안 나는 할머니와 거실에서 갓 찐 고구마의 껍질을 조심조심 벗겼다. 곧 고모가 베란다에서 나와 할머니와 나 사이에 앉았다. 우리는 동그란 양은 밥상을 가운데 두고 모여 앉아 고구마를 먹었다. 텔레비전에서는 트로트 가수끼리 경쟁하는 오디션 프로그램이 재방영되고 있었다. 고모는 텔레비전 볼륨을 작게 줄였다.

나 내일 서울 갈게.

내 말에 고모가 그래, 하고 답했다. 할머니는 조금 더 있다가 가지 왜 벌써 가려고 하느냐고 했다. 벌써라니 할머니, 3주째 있었는데……. 나도 나의 할 일이 있다고 할머니에게 설명했다. 할머니는 서운한 것인지 원망하는 것인지 모를 눈빛으로 나를 보았다. 할머니 입가에 노란 고구마 조각이 붙어 있었다. 할머니, 아까부터 왜 그렇게 묻히고 먹어? 아껴뒀다가 저녁에 먹을 거야? 이번에는 내가 할머니의 입가에 붙은 고구마 조각을 떼어주었다.

고모가 작은 주전자에 물을 끓이는 동안 나는 식탁에 앉아 그런 고모를 지켜보았다. 가스레인지 앞에 서 있는 고모가 나를 힐끔 봤다. 왜, 너도 커피 마시게? 나도 마시겠다고 했다. 고모는 찬장에서 머그컵 하나를 더 꺼내어 티스푼으로 인스턴트커피 가루를 두 스푼 넣었다. 곧 주전자 주둥이에서 길게 김이 솟아오르며 삐익 소리가 났다. 고모가 머그컵 두 개에 끓인 물을 붓고 티스푼으로 여러 번 저었다. 내 앞에 컵이 놓였다. 고모는 내 맞은편에 앉았다.

고모.

고모가 나를 봤다. 나는 고모가 내게 맡긴 생활비 카드를 돌려주었다.

얼마 안 썼어. 진짜야.

나는 왜 '진짜야' 같은 말을 괜히 덧붙이는 걸까? 어린아이가 된 기분이었다.

할머니랑 안 싸우고 잘 지냈니?

고모의 물음에 헛웃음이 났다. 내가 할머니랑 어떻게 싸워. 무조건 할머니가 이기는 싸움인데. 그렇게 말하자 고모도 나를 따라 피식 웃었다. 그렇긴 하지.

고모는 뭘 했어? 연락도 안 받고.

아아, 잃어버렸어.

휴대폰을?

나도 어처구니가 없어. 또 다른 번호로 연락하자니 괜히 걱정할 것 같고.

그래도 연락했어야지.

어차피 돌아올 건데 뭐.

고모가 커피를 한 모금 마셨다.

어차피 난 집에 올 건데, 뭐 어때.

체념이나 포기가 섞이지 않은 아주 단조로운 말투였다. 나는 고모가 무책임한 건지 책임감이 너무나 넘치는 것인지 알 수 없게 되었다.

별일 없었지?

고모의 말에 나는 고개를 끄덕였다. 그런 나를 고모가 가만히 보았다.

고모는? 별일 없었어?

고모가 고개를 작게 끄덕였다.

그럼, 별일 없었어.

그러나 고모와 내가 서로의 얼굴을 오래 마주하는 지금, 고모에게 어떤 변화가 일어났다는 것을 알 수 있었다. 나는 더 이상 묻지 않기로 했다. 유례없이 고모의 눈에 활기가 도는 그 순간, 고모의 입꼬리가 자연스럽게 위로 당겨지는 그 순간, 나의 머릿속에서 파라라락 흰 페이지가 넘어갔다. 그 안에 쓰인 모든 고모가, 모든 내가, 할머니의 손길이, 나의 뺨과 무수한 밤과 그 시간이 담긴 방이 일순 펼쳐졌다. 페이지는 잠잠해지고 내가 가진 모든 고모가 다시 하나의 고모로 모였다. 수백 장의 내가 단 하나의 표지를 달고 고모를 마주했다. 고모가 나의 얼굴을 바라보며 여전히 고개를 끄덕이고 있었다.

아무 일도 없었지, 그럼.

아무래도 고모와 나는 서로가 변한 것을 같은 순간에 알아차린 것 같다. 겨울 오후의 빛이 부엌에 난 작은 창으로 비스듬히 들어오고 설거지해둔 냄비는 느린 속도로 말라갔다. 할머니는 베란다에서 화초를 돌보고 있었다. 이 꽃이 어디서 왔는지 저 나무가 언제부터 우리 집에 있었는지 어떤 색의 꽃을 피울 것인지를 할머니는 하나하나 기억하며 다시금 꼭꼭 되새기며 건조한 손끝으로 잎을 조심히 닦고 있을 것이다. 며칠 전에 미리 받아둔 물을 화분에 조금씩 줄 것이다. 이 겨울에도 봄처럼 자랄 수 있도록. 봄이 오기 전에 이미 봄을 품고 있을 수 있도록.

오후는 온전하게 지나간다. 시간이 이렇게 흘러가고 있어. 이 사실을 아는 고모와 나는 남은 커피를 다 마실 때까지 아무 말도 하지 않았다.

에필로그

슬슬 콩을 갈 때가 됐다.

그러니까 여름이 오고 있다는 소리다.

나는 여름에는 콩을 갈고 겨울에는 팥을 쑤며, 불린 곡물을 익히는 방식으로 새 계절을 맞는다. 나는 그렇게 살아가고 있다.

어젯밤 꿈에는 할머니가 나왔다. 나는 할머니와 꽃놀이를 갔다. 초여름에 꾸는 개나리 덤불 꿈이었다. 벚꽃잎이 할머니와 나의 얼굴 위로 떨어졌고 우리의 주변엔 개나리꽃이 쏟아질 듯이 피어 있었다. 나는 할머니에게 전화를 걸어 그 꿈 이야기를 했다.

꿈만 꾸지 말고 같이 가자.

할머니가 말했다.

이제 곧 여름인데 무슨 꽃놀이야.

여름에는 여름꽃이 피지. 여름에는 다 죽나.

그렇겠지. 여름에 피는 꽃이 있을 것이다. 할머니에게 무얼 하고 있었느냐고 물으니 운동을 하고 왔다고 했다. 보건소에서 요가를 하고 왔더니 온몸이 개운하다고. 할머니가 나보고 밥을 건강하게 챙겨 먹고 운동을 하라고 했다. 응, 알았어, 알았어. 내 말에 할머니는 건성으로 대답하지 말고 정말로 하라고 했다.

고모는 뭐 해?

뭐가 그리 피곤한지 낮잠 잔다.

할머니와 통화를 마치고 다복칼국수로 들어갔다. 이모들은 테이블에 엎드려 쪽잠을 자고 있었다. 벽에 걸린 선풍기가 탈탈탈탈 회전하며 이모들의 머리칼을 흩트렸다. 나는 방에서 낮잠을 자는 고모를 여러 장면으로 상상해봤다. 한낮, 고모의 무방비한 얼굴을. 부엌 옆 창고에서 오늘 들고 온 천 가방을 찾아 나왔다. 구석 자리에 앉아 가방에서 노트와 펜을 꺼냈다.

할머니에게 더 말하지 않은 이야기. 어젯밤 꿈에서 할머니와 나는 꽃무더기에 한참 둘러싸여 있다가 아주 오래 산책을 했고 할머니는 나보다 더 빨리 걸었고 나는 할머니를 쫓느라 바빴다. 할머니 같이 가. 내가 아무리 소리쳐도 할머니는 속도를 늦추지 않았다. 멀어지는 할머니는 점점 점이 되어가고. 봄바람이 뭉근했다. 꿈인데도 알 수 있었다. 부드럽고 미지근한 바람이 나의 얼굴을 쓸어내리는 것을 느꼈다.

그때 나는 설핏 잠에서 깼는데.

몸 뉜 나의 방은 어두웠다. 그 어둠이 꼭 나를 다독이는 것만 같았는데.

그 어둠이 내게 이렇게 말하는 것만 같았는데.

괜찮아. 너는 더 깊은 잠을 잘 수 있을 거야.

괜히 손가락과 발가락을 꼼지락거렸다. 그래. 여기 내가 있어. 나는 잠의 길로 걸어가고 있어. 더듬더듬 어둠의 벽을 짚었다. 그 벽은 부드럽고. 그 벽은 나를 상처 내지 않고. 나는 벨벳 같은 어둠을 손바닥으로 쓸며 앞으로 앞으로 걸어가는데.

미지근한 기운.

다시금 무언가가 나를 스쳐가는 것을 느꼈다. 나는 그것이 무엇인지 알았다.

 노트를 펼쳐 그것을 옮겨 적은 뒤 양팔에 얼굴을 묻고 한낮 풋잠에 들었다. ∎

작가의 말

나의 할머니는 1936년생으로, 올해 구순을 맞았다.

올여름에는 가족들과 함께 할머니를 모시고 계곡에 갔다. 계곡물 한가운데에 커다란 바위가 있었는데 할머니가 그 바위에 등을 지지겠다고 혼자 돌아다니는 바람에 아주 혼났다. 오전이라 아직 바위가 햇볕에 달궈지지 않았는데도 그랬다. 걱정되니까 혼자 다니지 말고 편한 데 앉아 계시라고 짜증을 좀 냈더니 너나 가라고, 나는 신경 쓰지 말고 너나 걱정하라고 했다. 이렇게 고집이 세다니……. 밥을 다 먹고 나서는 할머니가 입은 여름 카디건이 예쁘다고 말했다가 그걸 덜컥 받아버렸다. 수십 년 전부터 할머니가 여름이면 꺼내 입었을 그 카디건은 이제 내게 있다.

할머니는 더 이상 예전처럼 머리칼을 검게 염색하지도, 가늘게 파마를 말지도 않는다. 백발을 짧게 커트한 할머니. 나는 그 머리칼을 쓸어본 적 있다. 정말 부드러워. 정말 가벼워. 영원히 쓸고 싶을 만큼 좋았다.

*

소설을 쓰면서 나는 시간을 자꾸 걸었다. 익숙한 곳을 맴돌기도, 가본 적 없는 곳으로 성큼성큼 가기도 했다. 쓰면서 뾰족해졌고, 쓰면서 넓어졌다. 쓰다 말고 조금 놀라며 멈춰 설 때도 있었는데,
 그때 나는 무언가를 마주했던 것 같다.

소설은 생각지도 못했던 걸 가능하게 한다. 귀한 순간들. 소중히 간직할 것이다.

*

아무 거리낌 없이, 정말 개운하게 말할 수 있는 한 문장이 내게 생겼다. 나는 할머니를 사랑해. 이 소설을 쓴 덕분이다.

2025년 가을
임수지

제2회 아르떼문학상 수상작
잠든 나의 얼굴을

1판 1쇄 발행 2025년 11월 7일

지은이 · 임수지
펴낸이 · 주연선

(주)은행나무
04035 서울특별시 마포구 양화로11길 54
전화 · 02)3143-0651~3 | 팩스 · 02)3143-0654
신고번호 · 제 1997—000168호(1997. 12. 12)
www.ehbook.co.kr
ehbook@ehbook.co.kr

ISBN 979-11-6737-595-7 (03810)

• 이 책의 판권은 지은이와 은행나무에 있습니다. 이 책 내용의 일부 또는 전부를 재사용하려면 반드시 양측의 서면 동의를 받아야 합니다.

• 잘못된 책은 구입처에서 바꿔드립니다.